艾鱼——著

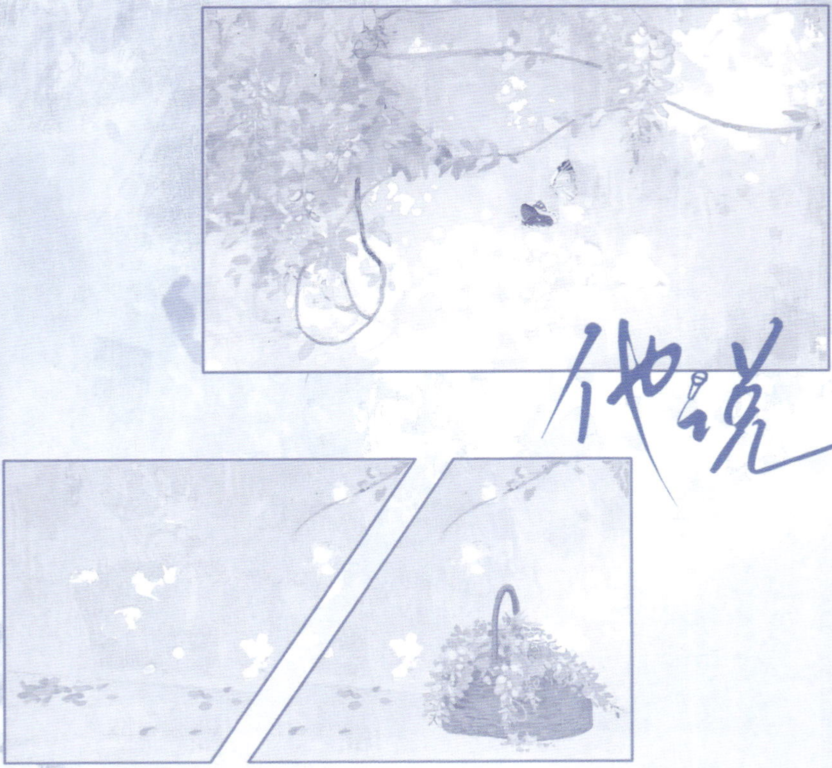

他说

江苏凤凰文艺出版社
JIANGSU PHOENIX LITERATURE AND ART PUBLISHING

目录

引　子	紫藤花开	001
第一章	同年同月同日生	013
第二章	一起长大	063
第三章	最懂她的人	105
第四章	形影不离	143
第五章	他的新娘	175
第六章	有时尽	213
番外一	如果你仍在	227
番外二	紫藤树枯了	253
后　记		259

柚柚，这整个世界，我只想留在有你的地方。

现在是2015年2月28日，小"五一"，我要偷偷告诉你一个秘密——我在意阿时哥哥。

他是为她冲锋陷阵的骑士,
亦是能给她托底的强大后盾。

Lu Shi
×
Su You

引子

紫藤花开

他说 Tashuo

2024 年 4 月 27 日。

院子里的那棵爬墙紫藤开得正好。

夏焰到的时候，路时正在墙边剪紫藤花。他精挑细选，小心地剪下一枝花，放到脚边的藤编花篮里。

身着黑色西装的夏焰停在门口，视线从背对着自己的路时身上挪开，转而落在摆放在门侧的迎宾牌上。迎宾牌上有一张苏柚的照片，照片上的苏柚穿着洁白的连衣裙，背对着镜头往前奔跑的她回眸微笑。

苏柚的照片下方，有两行字——

苏柚追思会

2024 年 4 月 27 日，下午 2 时 14 分

夏焰微微吐了一口气，踏进了院子。

路时听到动静，回过头来。

距离苏柚去世才短短三周多，路时整个人瘦了好几圈。他的脸颊凹陷，颧骨凸显了出来，本来明亮的眼睛失去了光芒，像蒙了尘的珠宝，变得暗淡无光。

这段时间，夏焰亲眼看到路时以肉眼可见的速度迅速变成现在这般模样。每隔几天见他一次，他就会明显瘦一圈。

路时看到夏焰，微动嘴角，开口说了一句："来了？"

夏焰点头，也对他露出一个淡淡的笑，"嗯"了一声。

"还要剪吗？"夏焰问完又说，"我帮你。"

路时摆了摆手，弯腰拎起藤编的小花篮，回夏焰："足够了，不用再剪了。"

"进屋说。"路时的语气平静，神情也和煦，好像已经从失去苏柚的悲伤中走了出来。

路时和苏柚是青梅竹马，从小一起长大。夏焰在初一和他们认识时，这两个人就已经相伴着走过了十二载。到如今，夏焰和路时也已经是老友，陪伴了彼此很长一段时光。

十几年的情谊在这儿，哪怕他们后来不再在同一所学校念书，身边有了新的朋友，他们的关系也并未疏远。

一进客厅，夏焰就看向正对着门口的那面墙，那里挂着一张苏柚和路时的婚纱照。照片里的苏柚手拿捧花，正冲着镜头开怀大笑，而她身侧的男人偏过头亲吻着她的脸颊。

夏焰知道，苏柚和路时这年2月份就领了结婚证，但还没见过他们的婚纱照——这是他第一次见到。

"真好看。"他由衷地说。

路时笑了一下，说："柚柚最喜欢这张。"他顿了顿，又补充，"我也是。"

"真的好看。"夏焰并不是敷衍，是真觉得这张婚纱照特别好看。

照片里的苏柚笑得自然真实，看到这张照片的人都能感受到她的开心。

而照片里正垂眸亲吻苏柚的路时，尽管只露出侧脸，眼睫也低敛着，可对苏柚的爱意藏不住半分。

这张照片给夏焰最直观的感受是——不像是提前商量好姿势摆拍的，更像是摄影师抓拍到的一瞬间。

客厅里已经布置好了，巨大的投影幕布上正播放着苏柚生前的一段段视频和一张张照片，这些影像记录了她成长过程的一点一滴。

桌子上和茶几上放着水果和饮品，还有几个装了紫藤花的花篮分散在各处，柜子上和墙壁上由苏柚的单人照和苏柚跟路时的结婚照点缀。

引子　紫藤花开

屋子里很温馨，处处都有苏柚存在过的痕迹。比如吧台上可爱的玩偶、沙发上漂亮的抱枕、桌子上粉色的水杯、只有女孩子才会用的古灵精怪的帆布包，还有放在透明收纳盒里的五颜六色的发饰……

路时给夏焰拿了瓶水，随后说："你先坐，我去旁边叫我爸妈。"

他嘴里的"爸妈"，其实是苏柚的爸爸妈妈。

路时家和苏柚家紧紧挨着，只有一墙之隔，基本上出了他家的门就到她家门口了。

夏焰点头，好笑道："去吧，不用管我，我又不跟你见外。"

路时推开门走进苏柚家客厅的时候，苏柚的母亲戴畅正在给苏柚的父亲苏江整理领带。见路时过来了，戴畅连忙问："是不是该过去了？"

路时安抚道："不急，爸，妈，你们慢慢弄。"

戴畅已经帮苏江整理好了领带，又低头看了看自己身上这件粉色的外套，伸手拽了拽衣摆，而后抬头问路时："阿时，你帮妈看看，这件衣服合适吗？"

路时笑着说："怎么不合适？很好看。"

这件衣服是苏柚给戴畅买的，戴畅平时舍不得穿，没想到第一次穿，是在女儿的追思会上。

戴畅低下了头，又轻轻地抻了抻衣服下摆，眼中噙了泪。

"好啦，好啦。"戴畅故作轻松地笑着说，"我和你爸已经准备好了，我们过去吧，别让客人们干等。"

从屋里走出来后，路时顺手关好屋门，然后跟上戴畅和苏江，抬手揽住了颤颤巍巍走路的戴畅的肩膀。

戴畅抬起手，快速地抹了一把眼泪，深深地吸了一口气，渐渐将情绪稳住。

路时陪着戴畅和苏江走进来时，苏柚高中时最好的朋友余悦也已经到了。

高中那会儿，在学校里，余悦和苏柚不管是吃饭还是去卫生间，都要手挽手结伴同行。夏焰又经常和路时勾肩搭背，再加上路时和苏柚的关系，所以夏焰和余悦也算是熟识的朋友。

正在和夏焰聊天的余悦听到脚步声，回过头来。她第一眼看到的，是苏柚父母的满头银发，比起半个月前他们见面时，头发变得更花白了。

路时率先和她打招呼："嗨，余悦。"

他说话时还露出了笑容，语气听起来也很轻松。

余悦似乎有些诧异他的情绪恢复得这么快，怔了一下。但

引子　紫藤花开

她很快就收起惊讶，浅笑着回应路时："嗨。"

路时跟戴畅和苏江介绍："这位是余悦，柚柚高中时的好朋友。"

路时说话时，余悦已经走上前，开口叫戴畅和苏江："阿姨，叔叔。"

余悦高中的时候到苏柚家做过客，苏柚的父母对她还有印象。

"是余悦啊。"因为刚刚哭过，戴畅的眼睛还有点儿泛红，但她说话的声音如平常一般轻柔，"我听柚柚说，你去国外留学了？"

余悦点了点头："嗯。"她现在正在外国的一所大学读博士。

路时对余悦说："谢谢你请假从国外飞回来，参加柚柚的追思会。"

余悦解释："这次没有请假，刚好赶上黄金周放假。不过……"她嘴角轻弯，认真道，"就算没有假期，我也会回来送柚柚最后一程的。"

"别站着了，都坐。"路时招呼还站着的夏焰和余悦，同时扶着戴畅和苏江在沙发上坐下来。

余悦往窗边的座位走时，随口感慨了一句："这棵紫藤长得越来越好了。"

路时回她:"嗯,今年的花开得格外好。"

几个人自然地交谈着,失去苏柚的痛苦情绪似乎已经消散,仿佛苏柚去世的阴影跟着她的葬礼一起被大家埋进了土里。

安顿好他们,路时独自踏出了屋子。下台阶之前,他扭头望了望这棵紫藤。

从这棵树被种下开始计算,已经过去二十年了。路时和苏柚五岁那年,一起亲手种下了这棵树。起初只是一颗小小的种子被埋进了土壤,路时本以为它活不了,没想到后来小树苗竟然破土而出。

经过他和苏柚的悉心养护,这棵紫藤渐渐茁壮,几年后终于开花了。

这天阳光很好,天清气朗。天上的云很白,像苏柚穿的白裙和婚纱。微风偶尔轻轻拂过,紫藤花瓣一片片飘落,院子里像铺了一层紫色的地毯。

路时迈下台阶,踩着散落一地的紫藤花瓣一步步走向门口,最终停在了有苏柚照片的迎宾牌前。

路时低垂着眼,凝望着照片上往前奔跑时回头冲他笑的女孩儿。

良久,有人踩着高跟鞋走过来,站到路时旁边,他才恍如初醒，扭头看向对方。

来人是一个不算太熟的朋友——去年他和苏柚去大西北旅游时，在旅游团里结识了对方。

"许愿姐。"路时开口叫人。

许愿穿了一件黑色的七分袖过膝长裙，身形纤细。她看着照片上的苏柚，温柔地问路时："一个人站在这里，是想她了吧？"

路时笑了笑，"嗯"了一声。

"路时……"许愿还想说什么，路时率先问道："叶哥又在忙吧？"

他口中的"叶哥"，是许愿的老公，叶简。那次旅游时，叶简也在。

许愿有些歉意地说："他这几天工作闭关，谁也联系不到他。"

旅游结束不久，路时知道了叶简是科研人员，工作性质特殊，所以突然失联也是常有的事。

路时点了点头，淡笑着说："听说你们6月份就要办婚礼了。"

许愿"嗯"了一声，路时又说："提前恭喜你们，祝你和叶哥百年好合，白头偕老。希望你不要嫌弃我在今天祝福你们不吉利。"

许愿知道路时的意思，笑着回："怎么会嫌弃？没有什么不吉利的。"

"路时。"许愿微微敛了笑，正色嘱咐他，"你不要瞎想，知道吗？"

这话像是一种提醒。

路时登时低笑出声："知道了。"他答应完，对许愿说，"里面请，先进去坐会儿吧，我在这儿等其他朋友来。"

许愿点了点头，抬脚进了院子。在进屋之前，她回头看了路时一眼。

他又在垂眸和照片上的苏柚对望。好像他面前的不是被定格下来的一张照片，而是活生生的苏柚。

不多时，路时在门口迎接了前来参加苏柚追思会的大学朋友、他和苏柚正在实习的律所的带教律师和其他同事，还有几位曾经教过他们的老师。

最后，他的父亲路堂，以及已经在其他城市定居生活的母亲时沛也一前一后地出现在了他面前。

前来参加苏柚追思会的宾客到齐，路时最后一个走进客厅，大家都已经找位子坐好，等着追思会开场。

这天到场的大家都心照不宣地穿了隆重的黑色衣服，反倒

引子　紫藤花开

是苏柚的父母和路时成了人群中三道不一样的颜色。

戴畅穿的是苏柚给她买的粉色外套，衬得她气色还不错。苏江穿的是苏柚送给他的蓝色西装，里面的衬衫是白色的，搭配了一条和西装外套颜色相近的蓝色条纹领带。

而路时穿着一套浅灰色西装，衬衫是淡蓝色的，很像这天天空的颜色，领带则是灰色的。他的穿着很隆重，还配了银色的领带夹和精美的黑金色袖扣。

路时在投影幕布侧面的吧台前坐下来，从吧台上拿起那只小狗玩偶，单手抱在怀里，然后将笔记本电脑中提前准备好的音频打开，选中单曲循环，点了播放。一首曲子缓缓流淌在大厅中，是钢琴和小提琴合奏的纯音乐版 Secret Base（《你给我的所有》）。

音乐的音量比较低，但刚好足够大家听清。

然后，路时的手指在笔记本电脑的触摸板上轻点滑动，将一个囊括了苏柚一生的 PPT 打开。

播放 PPT 之前，路时先说了一番话："感谢大家前来参加柚柚的追思会，自本月 4 日她去世，我和家人一直在忙着操办她的后事，同时等待事件的结果，想尽快将她接回家，然后安葬。所以在把柚柚的遗体接回来后，我和爸妈就为她办了葬礼，柚柚的葬礼已经在本月 12 日办完。

他说

"柚柚是个活泼开朗的女孩儿,她向来乐观阳光,也惯会调皮搞怪。以我对她的了解,她绝对不希望她的追思会搞得太一板一眼,过于沉重悲伤。前段时间,我和家人也确实没办法收拾好心情,为她办这样一场氛围相对轻松的追思会,所以才将这场追思会定在葬礼后。非常感谢大家愿意拨冗前来,送柚柚最后一程。

"我是苏柚的丈夫,路时。接下来,将由我向大家讲述,我的爱人苏柚短暂但美好的一生。"

第一章

同年同月同日生

他说
Tashuo

01 一对平安锁

PPT 上出现了一张照片。照片中,时沛和戴畅各自抱着一个婴儿。

这是路时和苏柚出生不久后的第一张合照。

1999 年 2 月 14 日,这个世界上多了两个婴儿。一个是我,另一个是住在我家隔壁的苏柚。

其实,我们母亲的预产期相隔一个月,但我们阴差阳错地在同一天降临在了这个繁华纷杂的世界。

此后的每一年,我和她都在一起过生日。

1999 年元旦,路家客厅。

还有一个月就到预产期的时沛和 2 月底才到预产期的戴畅坐在沙发上吃着酸酸甜甜的柚子聊天。

时沛问戴畅："小畅，你给孩子想好名字没？"

戴畅晃了晃手中的柚子瓣，笑道："我前几天和老苏聊了，就叫'柚'。"

时沛好笑地说："女孩子用'柚'这个字挺好听的，可万一宝宝是个男孩子呢？"

戴畅笑吟吟地回："这点我们也商量过了，如果是个男孩儿，就用'柚'的谐音字'佑'。天佑的佑。"

"好听！"时沛眉眼弯弯地说，"寓意也好。"

"你们呢？"戴畅好奇地问，"你和路哥应该也想好宝宝的名字了吧？"

时沛的语调带着笑意："想好啦，我们就更简单粗暴了，姓氏组合，叫'路时'，男孩儿女孩儿都能用。"

戴畅眼前一亮，笑道："还蛮好听的欸！"

她觉得这也是个起名字的好思路，顿时将她和苏江的姓氏组合在一起念了出来："苏戴。"

"不怎么好听。"戴畅吐槽着，又吃了一口柚子。

她孕期特别喜欢吃柚子，尤其爱吃酸酸的柚子。

时沛笑道："其实男孩子用'苏戴'这个名字还可以的，女孩子的话，就用你的谐音梗的思路，把'戴'换成粉黛的黛就很适合女孩子了啊。"

戴畅思索了片刻，还是觉得"柚"好听。

"柚柚"，多可爱的名字。男孩子也能用"柚柚"当小名。

"沛姐。"戴畅笑着提醒时沛，"我们可说好了，不管生男生女，都要让宝宝认干爸干妈的。"

让彼此的孩子认干爸干妈这件事，早在时沛得知戴畅也怀孕了后，两家就达成了共识。

"那是当然。"时沛也笑，摸了摸越来越大的肚子，满脸幸福，还向戴畅开了个玩笑，"如果刚好是一男一女，不如我们两家就结个亲家。"

戴畅连忙摆手拒绝："别，别，别，现在都主张自由恋爱，娃娃亲不可取。"

时沛登时哈哈大笑："看把你吓的，我就逗逗你，你还当真了。"

戴畅瞬间松了一口气，嗔怪地喊："沛姐！"

下一秒，她突然"哎"了一声，扭头跟时沛说："小家伙又在踢我。"

时沛又忍不住逗戴畅："肯定是在反驳你，人家想要娃娃亲。"

戴畅也笑,隔着衣服将掌心贴在肚子上,语气带笑地问:"柚柚又在调皮啦?"

跟宝宝说话时,母亲的语气也会变得可爱起来。

等肚子里的宝宝安静下来,戴畅说:"你家的宝宝好像总是很安静,也不在你肚子里闹腾,不像我这个,时不时就要动一动,刷一刷存在感。"

时沛唇边漾着笑,温柔地回她:"安静也好,闹腾也罢,只要健健康康的就好。"

戴畅很赞同地点头:"你说得对,只要宝宝健康就好。"

刚说完,苏江的声音就在路家的院子里响了起来:"小畅!回家吃饭了!"

"我家那位来喊我回去吃饭了。"戴畅浅笑着说,不紧不慢地扶着腰站了起来。

时沛也想站起来送送戴畅,戴畅连忙抬手制止:"你别起来了,坐着吧。"

时沛笑:"我寻思起来送送你。"

"送什么送?"戴畅失笑道,"我家就在你家旁边,你还把我当外人哪!"

"不是这个道理……"时沛话音未落,路堂出门买菜回来了。

苏江跟在路堂身后走了进来。

时沛连忙说:"老路,送送小畅。"

路堂留戴畅和苏江:"在这边吃吧,我买了菜和肉,一会儿做个粉蒸肉,再炖个鸡汤,正好给你们补补营养。"

"不了,不了。"戴畅笑着推辞,"我家都做好饭了,路哥。"

苏江也说:"不麻烦了,路哥。"

两个人从路家客厅里出来。苏江扶着戴畅下台阶,戴畅就已经闻到了香味。

"好香!"她笑着问,"你炖排骨了啊?"

苏江温声笑道:"不是你说想吃排骨?"

"好馋,好馋!"戴畅加快步子,着急回家吃排骨,嘴里还不忘叮嘱苏江,"一会儿你给沛姐送盘排骨过来。"

苏江无奈地应:"我知道,不用你操心。"

戴畅回了家就去啃香喷喷的排骨了,苏江盛了一盘排骨给时沛送了过去。

一个多小时后,路堂又给戴畅送来了粉蒸肉和鸡汤。

整个孕期,两家都是这样干的,有好吃的、有营养的都要给邻居家送一份。两个妈妈肚子里的宝宝几乎是吸收着相同的养分,一天天长大的。

2月初,已经到时沛的预产期了,她的肚子却迟迟没动静。

路堂带她去医院检查，医生说还得再等等，让他们两口子不要焦虑、担心。

"预产期前后两周出生都是正常的。"时沛在跟戴畅聊天时，将医生的话复述给了戴畅。

戴畅笑着摸了摸时沛的肚子，跟肚子里的小家伙聊天："路时宝贝，你真这么沉得住气啊？都到预产期了还不肯出来。"

然后她又将掌心贴到自己的肚子上，让时沛猜："沛姐，你猜猜，我肚子里的这小家伙是会在预产期前出来，还是会在预产期后才出来？"

时沛笑弯了眼睛，慢悠悠地说："我觉得，按照你家宝宝这调皮闹腾的劲儿，等不到预产期，就要跑出来看看了。"

戴畅笑着说："我也这么觉得。"

时沛按捺下紧张的情绪，等待着肚子里的宝宝给她信号。终于，在13日晚上，接近凌晨的时候，她的肚子开始了规律的阵痛。路堂一听到老婆的呻吟声，赶紧拿上待产包，带着时沛去了医院。

签了各种协议后，时沛就被推进了产房。

没过多久，医生出来告诉路堂："恭喜，母子平安，孩子七斤六两，出生时间是1999年2月14日凌晨2点10分35秒。"

一直在产房外来回走动的路堂这才卸了力，双腿发软地跌

他说

坐到了椅子上。

上午,戴畅让苏江带她来了医院,去时沛的病房看望时沛和才出生的宝宝。

时沛住的是双人病房,不过另一个床位还空着。

"阿时憋了这么久,还是没有等到年后,在除夕前一天出生了。"戴畅笑着打趣。

时沛也笑:"我一度觉得他要等到过完年才肯出来呢。"

戴畅在看到放在床头柜上的平安锁银镯子后,才想起来她和苏江还没有给宝宝买平安锁。

"老苏。"戴畅扭头对苏江说,"一会儿回家之前,我们先去给宝宝买平安锁吧。"她指着时沛和路堂给路时准备的平安锁说,"我们还没有给柚柚准备平安锁。"

苏江笑着应:"好。"

然而,没等戴畅看完时沛去给宝宝买平安锁,她的肚子突然疼了起来。帮忙去喊医生的路堂还没领着医生过来,戴畅的羊水已经破了。

就这样,戴畅直接被推进了产房。但她分娩的过程比时沛要艰难,一直到傍晚才将孩子顺利生出来。

是个女孩儿,六斤七两。

第一章　同年同月同日生

1999年2月14日下午5点21分46秒，宝宝出生了。叫"苏柚"，小名"柚柚"。

分娩结束后，戴畅被推进了时沛这间病房。看到戴畅恢复精神和体力后，时沛从给路时准备的那对平安锁银镯子里拿出一只，递给了戴畅。

时沛笑着说："阿时和柚柚一人一只，保佑他们从此平平安安。"

"谢谢沛姐。"戴畅接过这只平安锁银镯子，嘴角上扬，温柔地说，"阿时和柚柚一定平平安安。"

 一把直尺

PPT上是一段视频。

视频里，时沛和戴畅分别将自己的孩子放到一张毯子上，那里摆满了各种抓周物品。

两个宝宝穿着红色的小衣服，胸前的位置都绣了一只小老虎。老虎是他们的属相。

021

小小的路时和小小的苏柚在毯子上好奇地慢慢爬动，他们手腕上戴着平安锁银镯子，那上面的小铃铛随着他们的动作叮叮当当地响。

两个宝宝摸摸这个碰碰那个，但都没有拿起来攥住不放。

几个大人一直在说笑，画外音不断从视频中传来。

"阿时喜欢算盘？"时沛先问了一句，很快又爽朗地笑道，"哦，原来只是摸一摸，哈哈哈……"

"柚柚。"戴畅愉悦的声音也响起来，"柚柚，你喜欢什么呀？"

正在录视频的苏江说："柚柚，喜欢什么就抓什么！"

路堂在旁边乐："柚柚好机灵，左瞧瞧右看看，小脑袋转来转去。阿时一个劲儿地往前冲，也不知道是看上什么了。"

后来，苏柚左手拿着勺子，右手攥着包子，一副"开饭了，我要吃饭"的架势。而路时终于摸到了他看中的物品，是一把直尺。

但这并不是结束。

张嘴咬包子的苏柚在看到路时手中的直尺后，就把自己手中的包子和勺都扔了，挪过去将路时手里的直尺抢了过来。

路时扭过头看着苏柚，也不跟她争夺，惹得几个大人顿时哈哈大笑。

第一章 同年同月同日生

镜头外,在苏柚的追思会现场看到这段视频的亲朋好友也不由得笑出了声。

或许在抓周的时候,命运就已经给了暗示。
暗示我和柚柚长大以后,都会成为一名法学生。

时沛和戴畅在同一间病房住了几天。

起初戴畅没有奶水,无法喂苏柚,是时沛帮她喂的孩子。

正好赶上过年,两家人就在病房一起过了年。

没有其他人,四个大人加上两个才出生的宝宝,六个人在病房里度过了一个最特别、最难忘的除夕。

苏江和戴畅都是孤儿,因为被同一个好心的慈善家收养资助而相识,后来相爱、结婚。

那位慈善家一生未婚,但资助了很多贫困的学生,也收养了十来个孤儿,让他们衣食无忧,供他们上学。几年前,慈善家去世了。

现在苏江也做起了生意,虽然公司还小,但他一直在做慈善。他深知一个道理——人不能忘本。

路家虽然也没有家人来,但情况和苏江、戴畅并不同。

路堂的双亲两年前去世了,时沛的双亲健在,但她和父母已经断绝了关系。因为她的父母不想让她和路堂交往，更不准她跟路堂结婚。他们嫌弃路堂没钱，想让她嫁给一个死过老婆也离过婚的有钱人，仅仅因为对方允诺了给他们家丰厚的彩礼，而她的父母想用这份彩礼钱给儿子娶媳妇。

几天后，戴畅和时沛一起出院回了家。

接下来的一个月，因为戴畅和时沛要坐月子，得老老实实地在屋里待着，没办法见面聊天，所以隔着一道墙天天打电话。

苏江和路堂拿她们没办法，只能由着这两个见不到面、快憋出病来的女人天天煲电话粥。

因为戴畅和时沛都是顺产，所以身体恢复得也快。出了月子后，她们经常抱着孩子相互串门。

5月的一天，时沛抱着三个月大的路时到戴畅家玩，路时被放到床上，和苏柚挨着。

戴畅拉开抽屉，从里面拿出一个首饰盒。她打开首饰盒，里面放着一对平安锁银镯子。

戴畅将这对银镯子拿出来，递给时沛一只，笑着说："沛姐，给。"

时沛还没说话，戴畅就又说："谢谢你在柚柚出生后，将阿时的平安锁分给了她一只，这只不是我们还你的，是一份祝愿。这对平安锁，阿时和柚柚也要一人一只，保佑他们健康平安地长大。"

时沛笑着接过来："好，我替阿时收了。"

说完，她小心翼翼地给路时戴好这只银手镯，同时温柔地说："阿时和柚柚听到了吗？你们都要健健康康、平平安安地长大哦。"

8月，时沛和路堂爆发了一次争吵。

戴畅和苏江听到动静，急忙赶过来看情况。他们抱着六个月大的苏柚踏进路家的客厅时，路堂正醉醺醺地倒在沙发里。时沛站在桌边，捏着桌子边缘的手指尖泛白。眼泪从她的眼眶滑落，她紧抿着唇，气得浑身发抖。

楼上传来路时的哭声，时沛抹了一把眼泪，对戴畅他们说："我上楼看看阿时。"

话音未落，她已经匆匆忙忙地上了二楼。

戴畅从苏江怀里抱过苏柚，温和地说："我抱柚柚去楼上找阿时玩。"然后她给苏江使了个眼色，示意他跟路堂聊聊，好好劝劝。

苏江收到指示，微微对戴畅点了点头，给了她一个安心的眼神。

戴畅抱着苏柚上楼后，询问正抱着路时轻轻哄的时沛："沛姐,你和路哥怎么了?是因为他喝酒吵架了吗?"

时沛说:"他偶尔喝一次两次谁管他,这几个月经常喝成这样回家,本来我以为他下班回了家,我能轻松点儿,结果我不仅要照顾孩子,还要照顾他。

"我理解他工作辛苦、赚钱养家不容易,但我也不容易。小畅,你应该最清楚,你也是有宝宝的人,带孩子有多累人不用我跟你多说。他不帮衬我就算了,还要给我增加负担,我能不生气吗?"

戴畅当然知道带孩子有多累,但苏江会帮她。晚上只要苏柚不是因为饿了哭闹,都是苏江半夜爬起来哄孩子。

而且苏江是公司老板,就算不去公司也没关系,有时也能在家帮戴畅一起照顾孩子。平常下班回到家,他也主动揽过照顾孩子的任务。喂孩子吃饭、给孩子洗澡等各种琐碎但让人疲累的事情,他都会帮戴畅分担。

有人帮忙分担压力和辛苦,戴畅过得比时沛轻松得多。

时沛继续愤愤不平地说:"我已经忍他好久了,孩子不是我一个人的,为什么只有我一个人带?他一个当父亲的,每天回了家就亲一亲、抱一抱阿时,这就算完成了他做父亲的任务。

"说到这里,我不止一次地提醒过他,不要醉醺醺地抱孩子,他从来不听,每回喝醉都要带着一身臭烘烘的酒气凑过来。"

戴畅在楼上安慰时沛，苏江在楼下客厅陪着路堂坐了一会儿。直到苏江在楼下叫戴畅回家，戴畅才抱着苏柚下楼，跟苏江一起回去。

晚上睡觉的时候，戴畅和苏江躺在床上闲聊。说起这晚的事，偏向时沛的戴畅忍不住吐槽路堂："他怎么都不帮帮沛姐啊？一个人带孩子很苦的，再说阿时也不是沛姐一个人的孩子。"

苏江说："路哥确实做得欠妥，但也能理解，毕竟他工作很辛苦，最近应酬又多，不应酬就没钱，没钱就付不起各种开销。家里就靠他赚钱，他压力也大。"

戴畅不高兴地反驳："你们男人惯会向着男人。都不是什么好东西。"

苏江好笑道："话怎么能这么说？又不是所有男人都不是好东西，你这一棍子打死所有男人，未免有些武断了。"说完他又叹了一口气，告诉戴畅，"路哥的公司最近大量裁员，他不拼就失业了，他不能让自己失业，只能拼命应酬去争取业绩。"

戴畅愣了一愣："啊……路哥告诉你的？"

苏江感慨道："我问出来的，他不想跟沛姐说，怕沛姐焦虑，压力大。本来带孩子就够难了。"

"可是……"戴畅皱眉说，"夫妻之间不就是应该多交流，有什么事都商量着来吗？"

"就是说呢。"苏江把戴畅搂进怀里,轻轻拍了拍她,温声说,"别想了,睡吧。再不睡,明早女儿醒了你还起不来呢。"

戴畅拧了一下他的侧腰,不满道:"让你拐着弯地说我懒。"

苏江低笑:"我可没说,是你自己说的。"

隔天,戴畅把路堂公司在裁员的事情告诉了时沛。

时沛果然一点儿都不知情。

戴畅对她说:"沛姐,你和路哥好好聊一聊,别带情绪,心平气和地谈谈。不管是他的工作,还是你对他照顾孩子方式的不满,都认真沟通一次吧。夫妻之间,有什么是不能好好说的呢?"

时沛轻叹了一口气,说:"其实昨晚我们聊了,他也认了错,说以后会注意,不让我太辛苦。但是他没有告诉我,他的工作不太顺利。"

戴畅赶紧安慰说:"路哥是不想让你知道的,是我多嘴。我觉得,不管是苦还是甘,夫妻都该一同面对,不能只同甘却无法共苦,那就不是夫妻了。再大的困难,两个人一起面对,心里就有底,因为你和他是彼此的底气,不是吗?"

时沛笑了起来,赞同地点了点头:"小畅,我平常觉得你嘻嘻哈哈、单纯得很,可一旦有事,你总会让我出乎意料。你是个很有智慧的女人。"

"哎呀!"戴畅被夸得有点儿害羞,"没有啦,没有啦,我脑子笨得很,也就沛姐你觉得我有智慧。"

时沛笑着说:"大智若愚。"

当晚,时沛和路堂认真地聊了很久。两个人坦诚地说开了,以后不管什么事都要一起面对,不能独自强撑。

经过这次沟通,时沛和路堂的感情明显比前几个月更好了些。

2000年2月4日,农历腊月二十九。

这天是路时和苏柚的农历周岁生日。

按照习俗,两个宝宝是要在周岁生日这天抓周的。

两家都没有其他的亲人,而且又都是对方宝宝的干爸干妈,四个人一拍即合,很愉快地决定,两家一起给宝宝办周岁生日。

抓周当天,路时和苏柚穿着一模一样的红色衣服,穿着同款漂亮霸气的虎头鞋,一看就是两个聪明可爱的宝宝。衣服是时沛买的,虎头鞋是戴畅买的。

两个宝宝的左右手腕上,都戴着平安锁银手镯。

路时左手腕上的银镯子和苏柚右手腕上的银镯子是一对,两个人另外一只手腕上的银镯子也是一对。

在他们开始抓周之前，苏江打开了相机的录制功能。然后，抱着苏柚的戴畅和抱着路时的时沛走过来，一起将宝宝放到了红毯上。

路时和苏柚朝着抓周物品爬去。

苏柚左瞧右看，碰碰算盘，摸摸钢笔，最后拿起了热乎的包子，另一只手又攥了个勺。

路时一路目不斜视，虽然触碰到了其他物品，但并没有停留。他径直爬到前面，伸手拿起了一把直尺。

"我的天哪，老苏，你女儿又拿包子又拿勺子。"戴畅笑得不能自已，"她不会是个小吃货吧？！"

举着相机录视频的苏江笑着回她："那也不错，跟你一样，能吃是福……"

苏江的话音未落，苏柚突然把手中的东西都丢掉了。下一秒，她凑到坐在毯子上的路时旁边，一把抢走了他手中的直尺。

路时明显愣了一下，茫然地扭过头看向苏柚。不知怎的，他忽然笑了起来，好像苏柚晃尺子的行为把他逗笑了。

"老路！"时沛很惊喜地说，"老路，你快看，你那高冷的儿子竟然笑了！"

"他笑起来真好看啊！"时沛挽住路堂的胳膊，笑着向他细数，"平常我们怎么逗他都不爱笑，费好大劲儿他才勉强笑一笑，要多敷衍有多敷衍，结果柚柚随便晃晃手，他就乐了。"

路堂也笑，说："可能小孩子之间有我们看不懂的肢体语言交流吧。阿时和柚柚玩的时候，笑得才多些。"

"阿时好像很喜欢柚柚。"

03 一支口红

PPT 上是一张照片。

照片中，路时和苏柚坐在靠墙的沙发上，他们坐的位置上方，本来洁白的墙壁被涂鸦成了各种颜色。

两个人的脸上都被彩笔涂得五颜六色，变成了两个小花脸，但他们笑得很开心。

我给了柚柚一支口红，是我妈的。

我们互相在对方的脸上作画，也一起在她家的墙上涂鸦。

周岁生日过后，时间不紧不慢地往前滚动，日子照常过。

时沛后来和路堂又有过几次争吵，但都是小吵小闹。

戴畅为此还跟苏江提过，说："沛姐和路哥的相处还真是典型，两个人经常吵架，但是怎么吵都吵不散。"

正在喂女儿吃饭的苏江听了这话，回老婆："他们有孩子之前也没怎么吵过，生了孩子后才三天两头地吵。"

"也是。"戴畅微微叹了一口气，有感而发，"生活琐事可真磋磨夫妻之间的感情啊。"

苏江抬眸看了她一眼，好笑地问："磋磨你了？"

戴畅轻哼了一声："那倒没有。"

苏柚吃饭很困难，总是吃一口玩半天，所以喂她吃饭很耗费时间。

过了一会儿，戴畅吃完了饭，挪到女儿身边，对苏江说："我来喂，你快吃吧，一会儿饭菜都凉了。"

苏江这才得以填饱肚子。

戴畅一边喂女儿吃饭，一边念叨："抓周的时候，柚柚又是拿包子又是攥勺子，我还以为她是个能吃的小吃货。结果，她一到吃饭就成了小祖宗，喂饭都得喂半天。每次她都是第一个开吃的，但总是最后一个才吃完，也是怪了。"

啃了口馒头的苏江闷笑几声，说："柚柚就是个小吃货啊，吃得挺多的，只是爱玩，所以把吃饭的战线拉得很长。"

"总这样也不行。"戴畅若有所思道，"我得找个办法。"

不久，戴畅真的发现了一个很有效的办法。她发现，只要女儿和路时在一起吃饭，就会专心埋头大吃。

于是，戴畅时不时就让路时来家里吃饭，给这两个孩子创造一起吃饭的机会。

时沛和路堂吵架的时候，戴畅就会把路时抱回家，不让孩子看到听到父母吵架。虽然路时还小，长大后也不会记得这个年龄段经历的事情，但是父母当下的情绪孩子是能感知到的，也会对他们的心灵造成影响。更何况，路时那么聪明，又那么早慧，戴畅不想让他太早感知到家庭的负面情绪。

就这样，路时和苏柚相互陪伴着彼此的每一天，又长大了一岁。

2001年2月7日。

这天是元宵节，戴畅和时沛一早就说好，这晚一起到戴畅家吃元宵。

等路堂回家时，时沛打开衣橱，精心挑选起一会儿要穿的衣服。路时悄无声息地从床上滑下来，来到了时沛的梳妆台前。他蹲下，在地上捡了一支口红。

路时并不知道这是什么。他拔开盖子，稀里糊涂地将膏体转出来了一点儿。小小的路时低头盯着红色的膏体，觉得它很像彩色的笔。刚好，昨天他和苏柚在绘本上一起画画的时候，苏柚最喜欢的红色水彩笔写不出来了。

路时决定把这支"红色的笔"拿给苏柚。

于是，路时偷偷地把这支口红藏进了衣服兜里。而时沛只是要将身上这套家居服换下来，并不用化妆，自然也没有发现她的口红没了。

天擦黑之际，时沛领着路时，和买了下酒菜的路堂一起去了戴畅家里。

一进到苏柚家，路时就快步朝苏柚走去。苏柚知道这晚路时会过来，也早早地在沙发上等他了。一听到门响，她立刻滑下沙发往门口跑。

见到路时后，苏柚主动牵住他的手，拉着他到沙发旁边看绘本。

几个大人见两个孩子坐在地毯上看绘本，就没特别注意他们。

大人们边聊天边准备晚饭，路时悄悄把兜里的口红掏出来，送给了苏柚。

"红色的笔。"他一本正经地告诉苏柚。

苏柚听到他的话，湿漉漉的眼睛顿时一亮。

"红色的吗？"她开心地接过口红，却怎么都打不开。

路时从她手中拿回口红，将盖子拔开，又旋出膏体，递给了苏柚。

苏柚先在自己手背上画了一道。这支"笔"和她之前用过的水彩笔并不相同，但小孩子并不会在意这些，她只注意到了是红色的，味道还有点儿香香的。

她把手背凑近路时的脸，让他闻："香香。"

路时闻到了她手背上的香味，说："柚柚香。"

苏柚来了劲儿，拿着口红在路时手背上也画了一道，笑着说："你也香香。"

路时断然不会拒绝苏柚，任由她在他的手背上画画。

她给他画了个太阳，然后又在他另一只手的手腕上画了一只手表。再然后，画就挪到了他的脸上，还搭配了她现有的其他颜色的水彩笔。

苏柚给路时画完，又拉着路时爬上沙发，两个宝宝站在沙发上，开始在墙上乱画。

路时学着苏柚画在他手上的图案，在墙上画了太阳和手表。

口红被弄断，苏柚很大方地将断掉的那截给了路时。

路时捏着口红，忽而说："想给柚柚画。"

苏柚笑眼弯弯地同意:"好呀,哥哥画。"她说着,欣然将白白嫩嫩的脸蛋儿凑了过来。

路时捏着那一截口红,认真地在苏柚的脸上画画。

须臾,苏柚舔了舔嘴唇,又咽了一口口水,小声说:"哥哥,我想'次'。"她指着口红,又说,"像巧克力。"

苏柚抓着路时的手,想要低头咬一口他手中那截口红,时沛回头,第一个发现了他们要做什么。

"阿时!那是什么?不能让妹妹吃!"时沛边喊边急忙跑过来查看。

来到他们跟前,时沛这才发现,路时手中拿的是一截断掉的口红。

"天哪,你们在哪儿拿的口红?"时沛第一时间捧过苏柚的脸查看,担心地问,"柚柚,你吃了吗?"

苏柚乖乖摇头,口齿不清地说:"没'次'……"

路时也在旁边回答妈妈的话:"柚柚没吃。"

时沛这才松了一口气。

因为时沛的声音,其他三个大人也纷纷凑了过来。

时沛扭头问戴畅:"小畅,你看看你的口红是不是没了?他们刚才在玩口红,还差点儿吃了。"

"啊?"戴畅有点儿蒙,下意识地说,"我的口红柚柚应该够不到……"

尽管嘴里这样说着,戴畅还是快步进了卧室去查看。她的口红好好地放在梳妆台上,并没有少。

戴畅走出来,疑惑地回答时沛:"沛姐,我的口红没少,他们玩的是不是你的口红啊?"

路时乖乖地承认了:"我捡的。"

时沛问:"在哪儿捡的?"

"家里。"他顿了顿,又补充,"地上。"

戴畅哈哈笑道:"沛姐,那看来是你的了。"

时沛看着儿子这一脸花猫样,还有被他们涂得花里胡哨的那片涂鸦墙,又好气又好笑。

路堂笑着安慰老婆:"别气,别气,小孩子嘛,正是淘气的时候,我明天就去给你买新口红。"

戴畅盯着变成花猫脸的两个小孩儿和他们留在墙上的杰作,在旁边笑得大声。

苏江已经拿来了相机,爽朗地说:"来,拍个照纪念一下,两个调皮鬼。"

见要拍照,苏柚马上就规规矩矩地站好。臭美的小姑娘很喜欢拍照。

他们站在沙发上会挡到那团涂鸦,戴畅便笑吟吟地告诉两个孩子："阿时、柚柚，你们坐下来，坐到沙发上。"

苏柚和路时听话地坐了下来，戴畅又上前帮他们整理衣服。

而后，几个大人退开，苏江站在茶几后，用相机给苏柚和路时记录下了这一幕。

拍完照，戴畅领着路时和苏柚去洗手间洗脸洗手。时沛随后也跟了进来，和她一起伺候两个调皮捣蛋的小祖宗。

吃饭的时候，苏江笑着温声说："那团涂鸦得留着，以后不管这房子怎么装修，那块地方都不能动。"

戴畅也笑着点头："对、对，这团涂鸦以后就是承载着阿时和柚柚儿时记忆的杰作，必须得留下来。"

时沛看着他们，感叹道："你们夫妻俩不愧是一家人，好浪漫、好有情调。"

路堂接话："这要是在我家，这墙就得重新粉刷了。"

时沛笑起来："我们也不愧是两口子。"

苏江率先举起酒杯，喊了一句："元宵节快乐！"

四个大人笑着碰杯，小饮一口杯中的酒。

苏柚和路时挨着坐在一起，认真地吃他们碗中的一颗元宵。

听到苏江的话后，苏柚凑近路时，奶声奶气地对他说："元稍节开落（元宵节快乐）。"

04 一张相片

PPT 上跳到下一张照片。

照片里，路时穿着黑色的小礼服，外搭一件黑色的斗篷，脸上化着血痕妆。苏柚的整张脸都被涂白了，只有眼睫毛上方和眼睛下方有几处被涂黑的地方。她穿着黑色的连体衣，只露出一张被画成了无脸男模样的小脸。

路时正对着相机镜头，眼睛闭得紧紧的，张着嘴巴大哭，而他旁边的苏柚，正顶着无脸男的模样偏头凑近他。

这是我们三岁多的时候。

那年万圣夜，我扮成了吸血鬼王子，柚柚扮成了无脸男。

我哭不是因为她的样子吓到了我，她很可爱。

她是因为想哄我开心，才靠我这么近。

小孩子长得很快，时间也过得很快。一眨眼，就到了苏柚和路时三周岁的生日。

除夕前一天，两家人聚在一起，给这两个孩子过三周岁的生日。

他们商量好在路家吃晚餐。时沛和路堂包揽了做饭菜的工作，戴畅和苏江负责给两个孩子买生日蛋糕。

为了能合孩子的心意，戴畅和苏江特意开车带苏柚和路时去了蛋糕店，让他们自己选喜欢的样式。

苏柚一进蛋糕店就走不动道了。她眼巴巴地盯着玻璃橱窗里各式各样的蛋糕，看得眼睛都直了。

路时跟在她身边，和她一起趴在玻璃橱窗前看里面的蛋糕。

苏柚给路时指："阿时哥哥，你看这个，有兔子耳朵。"

路时回应："嗯。"他又问，"柚柚喜欢吗？"

苏柚笑着说："喜欢，我都喜欢！"说话间，她还没出息地擦了擦嘴巴，又咽了一下口水。

"阿时哥哥！"苏柚扭过头，问路时，"你喜欢哪个呀？"

路时也指了指兔子耳朵的蛋糕："这个。"

苏柚顿时更欢喜："我们喜欢同一个！"她扭头叫人："妈妈！"

正在另一边的戴畅听到女儿在叫她，便把装了奶油泡芙的袋子交给苏江，往这边走。她笑着问苏柚和路时："你们挑好啦？"

第一章 同年同月同日生

苏柚的眼睛大大的，湿漉漉、亮晶晶。她很开心地告诉戴畅："妈妈，我和阿时哥哥都喜欢这个兔子耳朵蛋糕！"

戴畅有点儿怀疑地看向路时："阿时也喜欢？"

路时严肃地点了点头，"是的，干妈。"

戴畅莞尔一笑。她知道路时天生聪明敏感，是个很懂事的孩子，但她不希望路时因为懂事迁就苏柚。

"阿时。"戴畅蹲下来拉住路时的手，很温柔地告诉他，"不要因为柚柚喜欢，你就隐藏了自己的喜好，你也可以大大方方地说出自己喜欢的，大不了我们就买两个蛋糕嘛，干妈给你买。"

路时摇了摇头，坚持道："我喜欢兔子耳朵蛋糕。"他颇为认真地说，"干妈，柚柚喜欢的就是我喜欢的。"

戴畅轻轻叹气，没有再说什么，只摸了摸路时的脑袋。

回家的路上，在后座陪着两个小朋友的戴畅和他们一起吃奶油泡芙。

苏柚喜欢吃奶油泡芙，一边吃，一边晃脑袋扭身体。她每次很开心的时候就摇头晃脑、手舞足蹈。

同样的年纪，路时却有着一种完全不像小朋友的稳重。他只是安静地吃泡芙，不说话，也没有什么外露的情绪。

虽然出生后两个孩子就在一起养，但他们性格真的有很大的差异。

他们到家时,时沛和路堂也差不多将晚饭准备好了。

戴畅把盒子拆开,将生日蛋糕端到饭桌上,苏江将三根细细的蜡烛插在生日蛋糕上。

时沛看着可爱的兔子耳朵蛋糕,笑着说:"现在的生日蛋糕越来越花哨了。"

路堂用打火机点燃生日蜡烛,好奇立在生日蛋糕上的两只粉色兔子耳朵是什么,问:"这是用什么做的?"

戴畅眉眼弯弯地说:"巧克力。"她转头对苏柚和路时说:"一会儿许完愿望吃蛋糕的时候,你们两个一人一只兔耳朵巧克力。"

苏柚开心得拍手蹦跳,声音雀跃:"好耶!"

路时只眨了眨眼,又浅浅地笑着点了点头,动作矜持优雅。

"来,来,来,快许愿望。"苏江将两个孩子拉过来,依次把他们抱到双人沙发凳上。

在四个大人的《生日快乐歌》中,苏柚和路时许下了自己珍贵无比的愿望。

苏柚大声说:"我想要小兔子玩偶!"

路时突然睁开眼,急忙提醒苏柚:"柚柚,愿望要在心里许,说出来就不灵了。"

"啊?"苏柚也睁开了眼睛,苦恼地皱了皱眉头,但她很快就想到了办法，兴高采烈地说，"那我重新许一个……"

她还没把话说完，戴畅突然拿出两个玩偶。一个是给苏柚准备的小兔子玩偶，一个是给路时准备的小熊玩偶。

苏柚的生日愿望实现了。

她惊喜地抱住小兔子玩偶，开心地说："阿时哥哥你骗人，我的愿望实现啦！"

路时想跟苏柚解释，自己没有骗她，因为很多人都说愿望要在心里许才灵。但他还没说话，苏江就笑着问他："阿时，你的生日愿望呢？"

路时乖乖地回："在心里许了。"

戴畅笑眯眯地说："那就吹蜡烛吧。"

"柚柚和阿时一起吹，要一口气吹完哦。"戴畅逗他们。

苏柚和路时往前倾身，同时吹起了蜡烛。苏柚的气息短，没能坚持到最后一根蜡烛被吹灭。不过，还有路时。路时在她停下来的那一刻接力，把最后那根蜡烛吹灭了。

吃饭的时候，四个大人提起苏柚和路时上学的事情。孩子上学后，时沛就能重新工作，减轻家中的经济负担了。但现在并不是招生季，所以苏柚和路时最早也得等到这年的秋季才能入园。

晚饭结束，苏柚一家回去后，时沛边收拾厨房边跟路堂说："不知道幼儿园收不收插班生。过了生日，阿时已经到上幼儿园的年龄了。如果有幼儿园收插班生，可以年后就把阿时送去幼儿园，这样我也能早半年出去上班。"

"也不差这半年。"路堂回她，"等秋天再说吧。"

时沛心里有点儿不痛快，说话也开始带情绪："怎么不差？我已经在家里带了三年的孩子，算上孕期，甚至不止三年了。

"三年多的时间，已经让我和职场脱节了。我早一点儿把技能捡起来，说不定就能早一点儿找到工作，也能帮你分摊家里的开支。"

路堂沉默，好一会儿才说："今天是儿子的生日，我不想跟你吵。"

时沛登时更来气了，问："什么叫你不想跟我吵？路堂，我在跟你好好商量。你以为我想跟你吵？"

她放东西的动作都变得很重。

乒乒乓乓的声音从厨房里传出来，音波一下一下震开，到达客厅里看着动画片发呆的路时的心上。

路堂将厨房的门带上，把客厅和厨房完全隔绝开，却还是会有争吵的声音顺着门缝流淌出来，一点点将路时淹没。

路时这晚许的愿望是，希望爸爸妈妈再也不会吵架了。

路时茫然地盯着电视机上的动画片画面，有些不明白。良久，他终于想通了什么。

原来，许愿就是许给别人听的。如果对方真的爱你，就会竭尽所能帮你实现愿望，就像干爸干妈对柚柚那样。

路时起身，慢慢走到厨房门口。他听到时沛哽咽着质问路堂："路堂，这日子还能不能过了？"

路堂也不甘示弱，不肯退让："是我不想过，还是你不想过？"

时沛委屈地哭着问："你有没有良心？我不想跟你过，会反抗家里，跟你去民政局扯证吗？我不想跟你过，会嫁给你，还为你生孩子吗？"

路时伸出手，扒开了厨房的推拉门。他站在门口的这一刹那，看到了母亲满脸的泪和父亲紧绷的下颌。

时沛没想到儿子会突然过来，急忙擦掉眼泪，用平日里温柔的语气跟路时说："阿时，你怎么过来了？去客厅玩……"

"我今晚许的愿望是……"小小的路时仰着头望着父母，用充满稚气的声音缓缓地说，"希望爸爸妈妈再也不吵架。"

时沛没控制住情绪，本来憋回去的眼泪很快顺着眼角流了出来。

路堂的喉咙也哽住了，眼眶通红。

路时很认真地问:"你们能帮我实现吗?"

蹲在他面前的时沛泪如雨下,连连点头,然后伸手将路时搂进怀里,紧紧地抱住。

"能。"时沛哽咽着说,"爸爸妈妈再也不吵架了,对不起,对不起……"

时沛哭着向路时道歉,自责和愧疚让她的情绪更加失控。

路堂也蹲在他们母子身边,低声说:"是我没做好,不管是作为丈夫,还是父亲。"

他温和地问:"阿时可以再给爸爸一次机会吗?"

被时沛拥着的路时轻轻地冲路堂点了点头。

路堂又缓声问时沛:"老婆,你能再给我一次机会吗?"

时沛闭上眼睛,有泪珠从她的睫毛滑落,她轻"嗯"了一声。

当晚,路时在父母的陪伴下,安心地睡熟了。

等路时睡下,时沛和路堂到楼下的客厅谈了很久。两个人商量好,以后少抱怨多沟通,就算有矛盾也不能当着孩子的面吵架,要给孩子营造一个好的家庭氛围。

时沛放弃了尽快把路时送到幼儿园做插班生的念头,路堂也承诺,等路时上学后,他会和时沛轮流接送孩子。

这天过后,起码有大半年的时间,路时都没有再见父母争吵过。他们很平和地相处着，偶尔有几次不愉快，也在路时面前保持着和谐融洽的状态。只有三岁的孩子，再聪明也无法看出父母刻意的伪装。

然而，只靠孩子维系的夫妻感情又能保持多久呢？

2002年的秋天，三岁半的路时和苏柚一起被送进了幼儿园。

虽然幼儿园离家不算远，但是他们毕竟才三岁半，上下学还是需要家长接送的。

之前路堂和时沛说好了，两个人轮流接送路时。可孩子真的上学后，承诺就没那么容易兑现了。

路堂经常要应酬，如果他推了饭局去接孩子放学，就会损失提成。他的工资比重新踏进职场的时沛要高得多，耽误他的工作着实划不来。

可是时沛才找到工作，目前正在试用期，这个阶段很关键，经常请假的话，公司肯定不会给她转正的机会。

当工作和家庭难以平衡时，两个人之间总要有一个人做出取舍。

不过，戴畅没让他们取舍，主动揽下了接孩子的任务。自9月初幼儿园开学后，几乎每天傍晚都是戴畅将两个孩子从幼儿园接回家里。

早上时间充裕，路堂和时沛会轮流带两个孩子去幼儿园。到了放学的时候，戴畅就去接。有时赶上苏江回来得早，就会开车和戴畅一起去接苏柚和路时。

两家把接送孩子上学的事情安排得很妥当。路家负责早上送，苏家负责下午接。遇到幼儿园要家长前去陪伴孩子们玩亲子游戏的时候，路堂和时沛谁更好请假谁就过去。

本以为这样的光景可以维持很长时间，但没想到，仅仅两个月，路堂和时沛就爆发了巨大的争吵。

双方在这半年多的时间里努力粉饰的太平终究还是崩塌了，而长期积累的怨气和迁就换来的是更大的战争。

那天戴畅病了，早上醒来已经发烧。

路堂去叫苏柚的时候得知戴畅生了病，便说晚上他去接两个孩子，让苏江安心带戴畅去医院看病。

结果当天下午，路堂临时被安排了晚上的饭局。对方是很重要的客户，他不能推掉，所以他给时沛打电话，想让时沛去接孩子。

但是路堂给时沛打了三个电话她都没有接，路堂又赶时间去见客户，只好匆忙地给妻子发了条短信，告诉她自己有事走不开，让她去幼儿园接苏柚和路时回家。

时沛开完会，拿起手机看到这条短信时，已经是下午五点半了。从她工作的地方赶到幼儿园，至少要四十分钟。而幼儿园的放学时间是下午四点半。

时沛小跑出公司，准备给幼儿园的老师打电话的时候，苏江的电话先打了进来。

"沛姐。"苏江温声告诉她，"两个孩子我已经接回家了，你别着急。"

时沛登时松了一口气，问苏江："小畅呢？还好吗？"

苏江说："不用担心，她好着呢，这会儿都有精力给阿时和柚柚化万圣节妆容了。"

时沛很歉疚地说："对不起啊老苏，我一直在开会，没看到路堂给我发来的短信，实在抱歉。要是因为我们俩让阿时和柚柚有什么意外，我……"

苏江大度地安慰时沛："沛姐，别这样说，两个孩子现在好好地在家呢，你别多想。你在家照顾阿时这几年不容易，现在刚刚回到工作岗位，毕竟有几年的空窗期，肯定也很难。今天这事就是意外，本来也该我们去接孩子的，你别放在心上。"

苏江善解人意，可时沛没办法不放在心上。当晚，路堂回到家里后，她就质问了路堂，为什么他答应去接孩子却没做到。

路堂试图心平气和地和她交流："我要去见大客户，没办法推掉。我要敢推掉，明天我就会失业。你觉得，我该拿养家糊口的工作去赌这一把吗？"

他继续说："而且我给你打了好几个电话，你没有接，我只能给你发短信，你要是看到短信就会提前下班去接他们……"

"你就没想过我不能及时看短信？"时沛的话语冰冷，"今天要不是幼儿园的老师及时联系苏江，苏江去接了他们回家，两个孩子要在幼儿园干等到什么时候？这是老师负责，但凡老师松懈一点儿，允许他们自己回家，后果你想过吗？孩子丢了谁负责？你负得起，还是我负得起？"

路堂有点儿不耐烦地说："今天不就是个意外吗？又不是回回都能碰上我突然有事脱不开身。"

时沛心冷地看着路堂，一针见血地说："你真的很自以为是，路堂。"

她继续说："我做不到你这么理所应当。这件事会永远卡在我心里，过不去。苏江和戴畅不欠我们的，我们凭什么理所当然地享受着人家的帮助，还回馈得这么敷衍。难得替小畅接一回孩子，都能生出意外。"

她质问路堂："人家夫妻不怪我们，是他们通情达理，他们在生活上处处帮我们，是他们心地善良，可你确定一辈子都要这样过吗？我们要怎么还小畅和苏江的人情？我们还得清吗？"

路堂沉默了良久。

戴畅的精神确实好多了，目前也已经退了烧。

这天是万圣夜，苏柚吵着要变装，还指定要变成电影《千与千寻》中无脸男的样子。本就喜欢给女儿瞎鼓捣的戴畅欣然应允。

在给苏柚化妆的时候，戴畅笑着问坐在旁边陪苏柚的路时："阿时，你一会儿想变成什么呀？"

路时没有什么想变的，于是回答："都行。"

戴畅思索了几秒，问他："吸血鬼王子好不好？很酷的！"

路时浅浅地笑了，点头答应："好。"

苏江在衣橱里找适合的衣服，打算改一改，给这两个小家伙当万圣节战袍。最后，他找了一件自己的黑色卫衣，给苏柚当无脸男的连体衣，又找了一件自己的黑色衬衣，用来给路时做吸血鬼王子的黑色斗篷。

戴畅和苏江把这两个小孩儿变成无脸男和吸血鬼王子，苏柚和路时就手拉手去了镜子前欣赏自己和对方。

须臾，路时对苏柚说："柚柚，我先回家一趟，给我爸爸妈妈看我现在的样子，很快就回来！"

苏柚甜甜地笑着应："好。"

路时一路小跑，很快就到了自己家门口。然而就在他要推开门的那一刻，他突然听到客厅里传来母亲哭泣的声音："路堂，这日子真的没法过了。"

母亲的话音未落，父亲的怒吼传来："那就离婚！"

世界突然安静了下来，一片沉寂。路时仿佛能听到自己的心跳声，怯怯地缩回了手。

然后，他听到母亲说："离婚就离婚。"

隔着墙听到争吵声的苏江和戴畅从家里跑出来，随即就看到小小的路时僵立在门前。

他们赶紧过来，戴畅把路时领回家，苏江推开门进了路家的客厅。

戴畅带路时回到家里，苏柚立刻抱着相机跑了过来。她兴奋地跟路时说："阿时哥哥，你可回来了！我们拍照吧，让妈妈给我们拍！"

戴畅从苏柚的手中接过相机，蹲下来轻声哄路时："阿时，别怕，你爸爸妈妈只是一时生气，人在生气的时候说的话作不得数的。"

路时抿着小嘴，没有说话。

戴畅又问："你想和妹妹拍照吗？不想我们就先不拍。"

路时忍着难过，低声回："拍。"

苏柚拉着路时到沙发上坐好。

就在戴畅举起相机要给他们拍照的一瞬间，路时突然啪嗒

第一章 同年同月同日生

啪嗒掉起了眼泪。明明才三岁半，可他连哭都压抑着声音。

路时很少哭，平常也没有什么人和事能牵动他的情绪，唯一能让他明显开心的人就是苏柚。这是两家大人都有目共睹的。

但戴畅心里清楚，他再聪明再懂事也只是个三岁半的小孩子。孩子在面对父母争吵的时候，总是无措的，总会受伤。

戴畅刚想过去安慰路时，苏柚就察觉到了路时不对劲儿。她扭过头看到路时在流泪，突然很慌张，赶忙担心地问："阿时哥哥，你怎么啦？"

路时没有说话，但眼泪无法止住。此时此刻，他还被父母的话震慑着。

"是饿了吗？"苏柚问他。

他摇头。

"是觉得这个造型不好看吗？"

他还是摇头。

"那是为什么哭呢？"苏柚着急地说，"阿时哥哥，你说话啊，你得告诉我在哭什么。"

路时不肯张嘴，死死咬着嘴唇，倔强地一声不吭。

然后苏柚哭了。她急哭了。

"阿时哥哥，你别不说话呀，"苏柚一边掉眼泪，一边给路时擦眼泪，紧张又难过地说，"阿时哥哥，你想要什么？我都给你。"

戴畅并没有上前。她觉得，或许小孩子之间能更好地交流。比起她过去安慰，苏柚应该可以更有效地安慰阿时。

苏柚问路时想要什么，路时久久没有开口。

其实路时一直很羡慕苏柚，她拥有很多很多的爱，她的爸爸妈妈都超级无敌爱她。而他似乎生来就是父母的负担和累赘，他的存在消磨了他们的感情，让他们的面目越来越狰狞。

他张开了嘴，刚要回苏柚的话，就控制不住地张着嘴巴号啕大哭起来。

苏柚觉得他的眼泪比夏天的暴雨还要大。

好一会儿，路时才断断续续地告诉苏柚："我想要爱。"

苏柚的眼睫毛上还挂着泪珠。她听到路时的话，缓缓眨了眨眼睛，然后凑近他，在他的耳边轻轻说："我们爱你。"

听了这句话的路时，依然还在无法控制地张着嘴巴大哭。

在苏柚这里，爱就要表达。因为爸爸妈妈每天都会说爱她，然后再亲亲她的脸蛋。

阿时哥哥想要爱，她就告诉他，有人爱他，再把爱给他。

戴畅站在不远处，一直观察着他们，及时地将这一幕定格了下来。

05 两根冰棒

PPT 上出现了一张新照片。

照片中，穿着白色短袖、黑色短裤的路时和穿着漂亮小白裙的苏柚挨着坐在苏柚家门口的台阶上，一人手中拿着一根冰棒。

路时手中的是缺了一块的绿色冰棒，苏柚手中的红色冰棒上粘着一块多出来的绿色冰棒。

> 柚柚想吃巧克力脆皮雪糕，但她最后选了一袋里面有两根的水果味冰棒。
>
> 因为那天我身上的钱只够买一根雪糕。

渐渐地，路时的情绪平复了。戴畅让苏柚乖乖在家陪着路时，自己则去了路家。

路时不知道事态是怎么发展的，总之当晚他在苏柚家里吃过晚饭，被干爸送回家的时候，父母之间的战火已经平息。虽然他父母之间的交流仍然不似往常，但没有再吵架，只是说话的语气冷冰冰的。

路时胆战心惊，不敢说话，就连喝水、放水杯都小心翼翼的，生怕自己搞出动静来，惹得他们再次爆发战争。

小小的路时还不懂，错的并不是他，他无须这样如履薄冰。

从这天开始，时沛和路堂不再吵架，但相处时也像隔了层什么，再也亲密不起来。

从此，在路时的心里，家变成了一个可怕的地方。它像一头巨大的吞噬兽，将家里所有的快乐都一口一口吞掉，笼罩在他和家人身上的，是久久不散的压抑。

路时变得不喜欢回家了。放学后，他经常去苏柚家，和苏柚一起完成老师布置的作业，一起吃饭、看动画片、玩捉迷藏，还会陪着苏柚玩过家家，苏柚当"妈妈"，他当"爸爸"。

有时候，路时也会住在苏柚家。

苏江和戴畅都是很温柔温暖的人，苏柚也是。

在苏柚家里，路时能感受到暖暖的爱意，让他也幸福起来。他会短暂地忘记自己的家，那个早已被漫无边际的沉默和窒息包围的可怕地方。

在这种诡异的氛围中，路堂升职了，工作越来越忙，家里的条件也越来越好；时沛的工作也步入正轨，与此同时，她的生活重心从家庭转移了。

路堂买了车，给家里添了很多新东西，也经常给路时和苏柚买小孩子喜欢的各种玩具。

时沛越来越频繁地收到他的礼物，衣服、鞋子、包包、化妆品……

他很努力地弥补，想要修复一切。但是再怎么弥补，都回不到从前了。事到如今，他和时沛连吵架都吵不起来了。

2003年6月1日，儿童节。

幼儿园发了通知，让家长陪着孩子到学校来参加儿童节活动。

这天正好是周日，家长都有空。时沛和路堂一起陪着路时去了幼儿园。

父母一起陪路时参加亲子活动，这还是第一次，因此他格外高兴。

这天，路时过了一个很难忘的六一儿童节。

下午回到家后，四个大人在客厅聊天，路时和苏柚在院子里玩。

"阿时哥哥。"苏柚眨巴着清透漂亮的眼睛，问他，"你想吃雪糕吗？巧克力脆皮的，特别好吃！"

路时没有回答苏柚的问题，而是问："柚柚想吃？"

苏柚诚实地点了点头,然后咽了一下口水。

路时起身,朝还蹲在地上的苏柚伸出手:"走,去买。"

苏柚惊讶地睁大眼睛:"你有钱吗?"

路时兜里有钱,刚好够买一根巧克力脆皮雪糕。

"有钱。"路时牵着苏柚的手从院子里走了出去,"阿时哥哥给你买。"

到了小卖部,路时把一块钱递给老板,说:"要一根巧克力脆皮雪糕。"

苏柚茫然地问:"为什么要一根?阿时哥哥,你不吃吗?"

路时点了点头,回她:"给你买。"

苏柚又问:"你还有钱吗?"

路时摇脑袋,问她:"柚柚还想买什么?我下次带你来买。"

苏柚想了想,说:"想再买一根给你。"

路时笑了笑:"我不吃。"

两个孩子跟着老板来到冰柜前,等着老板把雪糕拿给他们。

就在这时,苏柚踮起脚往冰柜里看去,她看到有一种两只装的冰棒。

她眼睛一亮,伸出手指给老板看:"叔叔,那个冰棒多少钱啊?"

老板将那个冰棒拿起来,向苏柚确认:"这个吗?"

"嗯!"苏柚点头。

"和脆皮雪糕是一样的价钱。"老板说。

苏柚突然改了主意,跟老板说:"叔叔,我不要脆皮雪糕了,我要这个!"

老板把这个两只装的冰棒递给苏柚,苏柚拿到手里,开心地朝路时晃了晃:"阿时哥哥,这里面有两根,我们一人一根!"

路时没想到苏柚会放弃她最爱吃的巧克力脆皮雪糕,惊讶地问:"你不吃脆皮雪糕了吗?"

苏柚笑得很可爱,回他:"以后再买呀。"她把冰棒递给路时,期待地说,"阿时哥哥,你力气大,你来掰。"

路时接过冰棒,问她:"你吃哪个?"

苏柚不假思索:"红的!"

路时故意将手抓在绿色冰棒上端,另一只手往下方掰,成功将两根冰棒分得不均匀。

他拆开包装袋,把粘着一块绿色冰棒的红色冰棒拿给苏柚,自己则捏住了少了顶端的绿色冰棒。

苏柚看着被他掰坏的冰棒,惊讶地说:"你的少了!"她把手中的冰棒伸过来给路时吃,"阿时哥哥尝尝红色的。"

路时用舌尖轻轻舔了一下红色的冰棒,是西瓜味的,然后又吃了一口自己手中的绿色冰棒,是哈密瓜味的。

两个人手拉着手,一起慢吞吞地嗍着冰棒回了家。

四个大人商量好,晚上在路家吃饭。这会儿路堂和苏江正在厨房做饭,但是醋不够了,苏江让戴畅回家去拿醋。

戴畅从屋里出来,看到两个小孩儿正坐在台阶上吃冰棒。

戴畅还没说话,苏柚就仰起头,举高拿着冰棒的手,笑着喊:"妈妈,吃冰棒!"

戴畅笑着问:"哪里来的冰棒?"

苏柚如实答:"阿时哥哥有钱,带我去买的。"

戴畅摸了摸他们的小脑袋,温柔地说:"你们吃吧。"

不多时,戴畅拎着家里的醋壶过来,另一只手中拿着相机。她把醋壶随手放在脚边,对坐在台阶上吃着冰棒的两个小孩儿说:"阿时、柚柚,看这里。"

两个孩子很配合地望过来。

苏柚特别喜欢拍照,很上道地露出了甜甜的笑。路时也难得露出了笑容。他这天是真的很开心。

爸爸妈妈都去了幼儿园,和他参加儿童节活动;苏柚为了能给他分一根冰棒,放弃了她最爱的巧克力脆皮雪糕。这天的他感受到了爱,有来自爸爸妈妈的,还有来自苏柚的。

等戴畅重新拎起醋壶走进屋子后,路时很认真地对苏柚说:"以后我要攒很多很多钱,给柚柚买脆皮雪糕,柚柚想要多少就有多少。"

苏柚超开心地答应："好耶！"

她嘬着冰棒，问路时："阿时哥哥想要什么？柚柚也要攒钱给阿时哥哥买东西！"

路时眨了眨眼，扭头看向苏柚，回答："我想要和柚柚一直在一起。"

苏柚顿时眉眼弯弯地说："这还不简单！我们现在就每天都在一起啊！"

路时也不知道自己在隐隐地害怕什么，只说："以后也要在一起。"

苏柚欢欣地点头："好！"

路时无比认真地告诉苏柚："我不会离开你的。"

这话像是在提醒他自己，不管发生什么，他都不能离开苏柚。

苏柚扬着声调回答他："柚柚也不会离开阿时哥哥的！"

第二章

一起长大

01 两把小提琴

PPT上缓缓出现另一张照片。

照片中的苏柚和路时手持小提琴,姿势宛若复制粘贴,同步地拉小提琴。

柚柚喜欢小提琴,想学小提琴。

她在五岁生日那天收到了一把小提琴,从此开始学小提琴。

我陪她一起学。

2004年除夕的前一天,苏柚和路时迎来了他们的五岁生日。

第二章 一起长大

两家依然和前几年一样,一起给这两个孩子过生日。

不久之前,苏柚对小提琴展现了浓厚的兴趣,所以戴畅和苏江这次送了女儿一把小提琴。

戴畅提前问过路时,如果苏柚要去小提琴兴趣班,他想不想去。

路时当时回答的是:"柚柚去哪里,我就去哪里。"

所以戴畅和苏江便也给路时准备了一把小提琴。

这两把小提琴唯一不同的地方是,小提琴上刻着各自的名字首字母缩写,一个是LS,一个是SY。

路时盯着这两把小提琴上的名字良久,而后忽然笑了。

苏柚好奇地问:"阿时哥哥,你在笑什么?"

路时指了指自己这把小提琴上的名字缩写,又指了指苏柚那把小提琴上的名字缩写,说:"这个。"

苏柚还是不懂。就只是几个字母,哪里好笑啦?

路堂给路时和苏柚准备的是游戏机。时沛的礼物比较实用,是漂亮的衣服和鞋子。

隔天过年,苏柚和路时穿上了时沛送他们的新衣服新鞋子,坐在一起玩游戏,大人们则忙着准备年夜饭。

吃完丰盛的年夜饭,两个小孩儿继续玩游戏机,四个大人搓起了麻将。

路时这会儿还不知道,这是他和父母过的最后一个团圆年了。此后二十年,他们一家三口再也没能团聚。

过完年没两个月,某天放学后,路时意外地发现父母竟然一起来接他了。他很惊讶,见到他们后甚至停下了脚步。

因为父母几乎没有来接过他,更不要说两个人一起过来接他。

苏江和戴畅也都来了,来接苏柚。这倒是不稀奇,他们时不时就会一起来接他和苏柚回家。

苏柚见路时不走了,回头看了他一眼,提醒:"阿时哥哥,走呀,干爸干妈今天也来了!你不高兴吗?"

路时该高兴的。他抬起脚,和苏柚牵着手来到四个大人面前。

苏江一把接住扑向他的女儿,轻轻松松地将苏柚抱起来,笑着说:"走,今晚我们去下馆子!"

"好耶!"苏柚开心地拍手,"下馆子去喽!"

路时什么也没说,被父母牵着手,上了自家的车。上了车他就开始后悔,他还是更想和苏柚坐同一辆车的。但是车子已经开了,他只能忍着。

半个小时后,两家人进了一家西餐厅。

第二章　一起长大

小孩子喜欢吃汉堡薯条、喝可乐，更别说这家店的儿童套餐还送甜品。苏柚毫不犹豫地选了儿童套餐，路时要了和她一样的套餐。

苏柚只顾着吃汉堡和薯条，完全没有察觉到几个大人格外沉默寡言，气氛根本不对劲儿。

性格更敏感的路时感知到了。他默不作声地吃着东西，心里却一直在打鼓，不由自主地害怕。

但直到这顿饭结束，都没有任何事情发生，似乎他们就只是想带他和苏柚出来吃晚饭。

吃完晚饭，两家人各自开车回家。

进家门之前，苏柚开开心心地冲路时挥手，笑着说："阿时哥哥，明天见！"

路时也抬手向苏柚挥了挥："明天见，柚柚。"

路时跟着父母走进客厅，刚要上楼去，就被时沛喊住了。

"阿时。"时沛轻声唤他。

路时顿住脚步，慢慢转过身。时沛对他说："过来坐，爸爸妈妈和你说件事。"

路时不想过去，想找借口逃开，比如上楼去写作业，或者去隔壁找苏柚玩……但是，他的双脚不听使唤地朝着时沛挪去。

路堂也和时沛站在一起等他。

他走过去，父母一左一右地挨着他坐下。

时沛看向路堂，路堂和她对视了一瞬就低下了头，看起来没有要开口的意思。

时沛便说话了："阿时，爸爸妈妈要分开生活的话，你想跟着谁？"

虽然从去年就隐隐为此感到害怕，但此时此刻，路时听到母亲亲口问他，脑袋里还是突然轰鸣起来。那颗不定时的炸弹埋藏已久，终于在这一刻猝不及防地爆炸了。

路时没有说话，连表情都凝固了。

时沛温柔地叫他的名字："阿时？"

最终，路时干巴巴地说："我想跟柚柚在一起。"

其实时沛心里很清楚，路时不可能想要离开这里。因为苏柚在这儿。

可她还是想问一问他。万一呢？万一路时愿意跟她走呢？

时沛到底是有心理准备，并没有对路时的回答感到惊讶。这些都在她的意料之中。

"爸爸还会在这儿继续生活，妈妈要去别的城市开启新的生活，"时沛又问了一遍路时，"你是想留在这儿，跟爸爸一起生活是吗？"

路时说："跟柚柚。"他是因为苏柚才选择留下来的。

第二章 一起长大

对路时来说，苏柚比一切都重要，他不会离开她。

时沛眼里泛着泪，尊重儿子的选择，轻轻点头："好。"

后来，时沛上楼去，安静地收拾起东西。可路时还是能听到开橱门、关抽屉的声音。

路堂在客厅的沙发上干坐着，沉默地抽着烟，一根接一根。

路时走出客厅，在台阶上坐下来，茫然地发起了呆。

苏柚本来并不知道这件事，但她要去卧室里找爸爸妈妈时，隔着房门听到了爸爸妈妈在卧室里压低声音窃窃私语。

"沛姐和路哥这一离婚，不知道阿时要怎么办。他要是跟着沛姐走，两个孩子到时候肯定会哭得很厉害，以后还不知道多久才会见一次面。柚柚和阿时一起长大，这么好的感情……"戴畅很惆怅地叹气，"怎么就走到这一步了呢？明明那么相爱的两个人。"

"各方面都很难磨合吧。"苏江也叹气，"他们努力维持过，最终还是走到了这一步，说明沛姐和路哥确实不适合一起过日子。"

"我心疼阿时，孩子还那么小……"戴畅的声音变得哽咽。

苏柚在门外听愣了。就算她再天真懵懂，也知道父母离婚意味着什么。

幼儿园班上有个小女孩儿，她的爸爸妈妈去年离了婚，她要跟妈妈离开这里,所以特意在最后一天上学时跟大家一一道别。她说,她被判给了妈妈,以后就要去别的城市生活了。她说,她以后可能会有新的爸爸,但是那个人并不是她的爸爸,只是一个陌生人。

对苏柚来说,即使只是旁观,她也深感恐怖。她无法想象那样的场景——路时被时沛带去其他城市生活,她从此再也不能和路时随时见面。很可能还会有一个陌生男人闯入路时的生活,想要取代路堂在路时心里的地位。

苏柚转身往外跑,一边跑,一边哭。她一口气跑到路时家,推开矮矮的白色栅栏门,看到了坐在台阶上的路时。

路时正盯着远处出神,被突然出现的苏柚强行拉回思绪。因为只有他的头顶上方有灯光,所以他没能第一时间看清苏柚脸上的泪痕。

路时没想到苏柚会突然跑过来,刚走下台阶,苏柚就直直地朝他扑了过来。她紧紧地抱住路时,哭得泣不成声:"阿时哥哥,你不要走,我不让你走,呜呜呜……"

被苏柚抱住的路时微微睁大眼睛,然后才反应过来她在说什么。

他回抱住她,懂事地安慰她:"我不走,我说过要一直和你在一起,不会离开你的。我还要跟你一起学小提琴呢。"

第二章 一起长大

苏柚哭得很伤心，断断续续地说："可是……可是干爸和干妈……他们，呜呜呜……他们要离婚了……"

路时的心里也很难受，更何况现在苏柚还在他面前哭。他的眼睛热热的，鼻尖也酸酸的，喉咙像是噎住了似的。

过了很久，路时才带着哭腔"嗯"了一声。

父母要离婚了，以后他的家不会再完整了。

两家的父母听到动静，纷纷从屋里出来。虽然两家的房子说是一墙之隔，但其实院子中间的那道墙是白色栅栏，并不高。

苏江和戴畅紧张地跑出来，看到旁边院子里紧紧抱着彼此的两个孩子，停下了脚步。另一边，刚出门的时沛和路堂自然也看见了。

苏柚本来抱着路时哭得很伤心，可看到从屋里出来的时沛和路堂后，她抬起手，用手背擦掉眼泪，然后拉起路时的手跨上台阶，停在他们面前，哭着恳求他们："干爸，干妈，你们别离婚好不好？"

苏柚哭得越来越厉害，甚至开始打嗝儿，断断续续地说："你们……不要离婚，你们分……开了，阿时哥哥怎么办啊？"

时沛蹲下来，眼睛红通通地望着苏柚。她将两个孩子一把抱进怀里，抑制住哽咽，努力让声音听起来平稳一些，告诉苏柚:"柚柚,就算我和你干爸分开了,也是阿时的爸爸妈妈,也是你的干爸干妈,永远都是。"

"我不要,我不要!"苏柚任性地号啕大哭,"你们不能离婚,呜呜呜,我讨厌离婚!"

但是孩子的哭闹是没有用的,时沛和路堂还是离了婚。

时沛走的那天,给了路时和苏柚一颗种子。她对他们说:"你们把它种下,等这颗种子长成树、开了花,我就回来了。"

时沛走后的第二天就是周六。

苏柚想拉着路时去把那颗种子种下,等着它长大开花。

路时对此倒是没什么兴趣,因为他知道,母亲的话是骗小孩子的,只有苏柚会单纯地相信大人的话。

"今天还有小提琴课。"路时哄苏柚,"等上完课回来再去种吧。"

苏柚心里不太情愿。

苏江也说:"柚柚听话,先去学琴,等你们上完小提琴课回来,爸爸带你们去种树,好不好?"

苏柚撇了撇嘴巴,应允下来:"好吧。"

和往常一样,戴畅送孩子们去小提琴班。

到了兴趣班,开始上课后,苏柚和路时将小提琴拿好,在老师的指导下慢慢拉动琴弓。

戴畅看到他们动作同步,青涩又端正地拉起小提琴,便举起相机将这一幕记录了下来。

在孩子的成长过程中,戴畅和苏江都很喜欢用相机记录那些点点滴滴。因为他们觉得,这些照片和视频会成为此生最珍贵的回忆。不管是对于她和苏江,还是对于两个孩子。

02 一地蛋糕

PPT 上出现了一段视频。

视频里,戴畅正在教路时做生日蛋糕。

这个生日蛋糕已经快要做好了,路时正在往顶端挤花朵形状的奶油。

戴畅笑意盈盈地站在旁边,轻声夸赞路时挤的小花很好看。

苏江手持相机,勤勤恳恳地当起摄影师,一直在录制视频。

路时将花朵挤好,端着生日蛋糕往厨房外走,和正要进厨房的苏柚撞了个满怀。

视频里的苏柚和路时摔倒了，蛋糕掉在地上，溅了他们满身。两个孩子爬起来，坐在地上，非但没哭闹，还互相喂对方吃起了已经不成样子的生日蛋糕。

　　六岁那年，第一次给柚柚做生日蛋糕。但没想到，在我们吃之前先让地板笑纳了。

　　虽然最终只尝到了蛋糕的残骸，但我很满足，也很庆幸。

　　因为柚柚没有受伤。

上完小提琴课回来，苏柚立刻拉着路时，要去把时沛留下来的那颗种子种到地里。

苏江问："你们想把它种到哪里？"

路时没说话，苏柚开口说："种在阿时哥哥家的院子里！"

路堂从客厅里出来，穿戴得很整齐，手上拎着公文包，对苏江说："老苏，我出去谈工作，今晚阿时在你那边……"

苏江点了点头，温声说："好，你去忙吧，我和小畅会照顾阿时。"

"麻烦你们了。"路堂的嗓音很低哑，语气带着愧疚。

苏江宽慰他说："哪里的话，阿时可是我半个儿子呢。"

第二章 一起长大

虽然是认的干儿子,但苏江和戴畅一直把路时当亲儿子疼爱。这不仅仅是因为两家关系好,更因为路时太让人心疼了。

踏出院子前,路堂突然又停住脚步,回过头来,告诉要播种的三个人:"这是紫藤的种子,可以种在离墙近的地方。它要是能活,会沿着墙生长的。"

本来,这颗种子是他去年出差时得到的。当时他把它拿给时沛,时沛跟他约好,这年要一起种。

但是他们没能一起将这颗种子埋进土壤里,他们的婚姻倒是变成了一座破败的坟墓。

路堂离开后,苏江认真地上网查询,怎么提高紫藤种子的存活率。

虽然现在季节适宜,但他们没有提前浸泡种子,也没有提前松土,贸然种下去,种子可能很难发芽。

苏江耐心地跟苏柚和路时解释了一番,最后说服了苏柚这天先做准备工作,第二天再把种子种下去。

路时全程都没怎么说话,一切都听苏柚的。他发自内心地觉得,这颗种子就算种下去也不会活。

隔天,苏江带着路时和苏柚去了花园里,看着孩子们亲手把泡好的种子放进昨天挖好的坑穴中,然后在旁边指导他们将种子埋起来，再给这块地方浇上水。

虽然路时不认为这颗种子能活下来，但还是配合地和苏柚一起将种子种好了。

种好紫藤种子后，苏柚和路时就被苏江领回家洗手吃晚饭了。

吃饭的时候，苏柚问苏江："爸爸，我们的种子要多久才能长大开花啊？"

苏江温和耐心地告诉女儿："要好几年的时间才能长大开花呢，就像你和阿时一样，一天天一年年地慢慢长大，需要时间浇灌，急不得。"

苏柚懵懵懂懂地点头，然后笑着说："我要好好呵护它，慢慢地等它长大开花，到时候干妈就会回来了。"

苏江和戴畅对视了一眼，没再说话。

这个屋子里，只有苏柚还相信时沛会回来。而且她理解的"回来"，是指时沛和路堂会像之前那样一起生活，再也不会走。

时沛离开了路家，离开了沈城，去了另外一座城市谋生。

曾经的路家温馨和睦，如今那里只剩路堂和路时。离婚后，路堂更加拼命地工作，似乎是想用工作麻痹自己。而路时基本上都待在苏家，苏家甚至有属于他的房间。

路时跟苏柚做什么都是一起,总是形影不离。

两个月后,路家的院子里多了一棵小幼苗。

只要当天没有事情,苏柚就会跑到路时家去,看种子安睡的地方有没有变化。

因为她的执着,她是第一个发现种子变成幼苗破土而出的人。

苏柚超级兴奋地大喊:"阿时哥哥,阿时哥哥!种子长出来了!"

因为她的嗓门太大,不仅是路时,就连苏江和戴畅都被她喊了出来。

四个人站在这棵看起来弱不禁风的幼苗前,神色各异。

苏柚是开心,路时是惊讶意外,苏江和戴畅的心中更多的是欣慰。

种子能发芽,破土而出,本身就是一份希望。

人总是要带着希望才能生活下去。至于其他的,等孩子长大自然都会明白的。

2005年除夕的前一天,路时和苏柚迎来了他们的六岁生日。

路堂还在外地出差,要第二天才能回来。

自从父母离婚后,路时几乎天天都在苏家生活,俨然已经成了苏家的一员。

这天下午，趁着苏柚在房间里睡觉，戴畅决定亲手给两个孩子做一个生日蛋糕。路时自告奋勇，说他也要来给苏柚做生日蛋糕。

戴畅自然不会拒绝。她高兴地让路时自己动手，自己只在旁边给他指导，偶尔打打下手。

苏江捧着相机，围着路时和戴畅拍照录视频。

只是谁也没想到，路时终于把这个生日蛋糕做好，端着蛋糕往厨房外走的时候，他会猝不及防地和苏柚撞上。

刚刚睡醒的苏柚眼睛都还没完全睁开，呆呆地踏进厨房，立刻就跟路时迎面相撞，不由得往后退了一步。

不偏不倚，苏柚的脚后跟抵到了厨房的矮小门槛上，她没有站稳，瞬间失去了平衡，向后倒去。

千钧一发之际，路时直接松开端着生日蛋糕的手，伸手去拉苏柚。

他的反应比两个大人更快，第一时间就拽住了苏柚的手。

路时奋力将苏柚往自己怀里拽，还在一起摔倒的时候，试图倒在下面给她当垫子。只是门框宽度有限，他只转了一半身子，后背就结结实实地撞在了门框上。

两个人都侧身摔倒在地上，身上满是蛋糕的"残骸"。

苏柚被路时护住了脑袋，没有摔到头，只有身上疼，她也并没有哭。

路时就更加不会哭了，尽管他的后背真的很痛。

视频镜头开始乱晃。戴畅和苏江赶紧上前扶两个孩子，戴畅担忧的声音从视频里传来："怎么样，摔疼没有？柚柚、阿时，你们有没有哪里疼？"

爬起来坐在地上的苏柚这下彻底清醒了，她蒙蒙地摇了摇脑袋。

路时也坐了起来，努力不让自己表现得很疼，若无其事地回戴畅："我没事，干妈。"

苏柚看了看自己身上的奶油和蛋糕碎屑，又瞧了瞧比她更狼狈的路时，最后扫视了一下满地狼藉，这才轻轻地开口问："这是……生日蛋糕吗？"

戴畅见他们都没事，深深地吐出一口气。她笑起来："是生日蛋糕，不过已经不成样子了。"

苏江重新持好相机，也打趣道："还没吃进嘴里，就先被地板和你们的衣服吃得差不多了。"

苏柚从自己的身上捏下来一块蛋糕，放进嘴里。下一刻，她眉眼弯弯地笑起来："好吃！"然后她又捏了一块蛋糕，送到路时的嘴边。

路时张开嘴巴，把苏柚喂他的生日蛋糕吃了。

戴畅蹲在他们旁边，也捏了一块蛋糕尝："嗯，还不错，很好吃。"

她说着，又捏了一点儿，而后伸直手臂，让苏江也尝一下。

吃到奶油蛋糕的苏江夸奖："我们阿时的手艺很不错，做的蛋糕真好吃。"

苏柚惊讶地睁大眼睛，难以置信地问道："这是阿时哥哥做的？"

戴畅笑着回女儿："是啊，是阿时特意给你做的。"

苏柚嘴巴一撇，眼见就要哭，路时立刻对她说："柚柚别哭，我重新给你做。"

于是，一家四口先是齐心协力将地上的狼藉收拾干净，然后都进了厨房，一起重新做了一个生日蛋糕。

许愿的时候，苏柚还是大声地将愿望说了出来。她说："我希望那棵紫藤明年就可以开花！"

路时还是默默在心里许愿：我希望，我和柚柚能一直陪伴彼此，永远不分开。

第二章 一起长大

03 一组风铃

PPT 上出现了一张照片。

照片里，路时和苏柚站在屋檐下，他们的脸上和手上沾着颜料。

两个人仰着头，举高手，手指向的地方，悬挂着四只玻璃风铃。

这是我们七岁生日那天。

我记得很清楚，那次我们的生日和除夕是同一天。

爸妈带我和柚柚制作玻璃风铃，让我们把愿望写在风铃的吊牌上。

柚柚许的愿望是，希望紫藤花开。

虽然路时忍着没说自己的后背疼，但两个大人目睹了他结结实实地磕在了门框上。

路时不想让他们察觉到自己的后背在疼，尤其是不想让苏柚知道。所以他们并没有当着苏柚的面戳穿路时的伪装。

吃过饭后,路时先去洗澡,等他洗好出来,苏柚才慢吞吞地去洗澡。

趁着苏柚这会儿不在,苏江拉过路时,让他撩开衣服,查看他的后背。

戴畅将家里的跌打损伤药油拿了过来,递给苏江。

苏江低低地叹气,一边给路时抹药,一边告诉他:"我们清楚你不想让柚柚知道,但是疼不能忍着。阿时,疼了要说、要喊,懂吗?"

路时听得懂苏江的意思,点了点头,应声:"嗯。"

"干爸干妈很感谢你保护了柚柚,但是也希望你能保护好自己。"戴畅摸了摸路时的发顶,动作和她的话一样轻柔。

"干爸干妈,我知道了。"路时乖乖地答应道。

在苏柚的精心照顾下,破土而出的紫藤幼苗缓慢却茁壮地生长着。

过了年,随着春天的到来,天气逐渐回暖。

那株小小的幼苗已经长大不少,但还处在紫藤的幼苗期。

这一年秋天,路时和苏柚一起踏入了一所公立小学,六岁半的他们成了一年级的小学生。

苏柚和路时开始穿上学校发的统一的校服,戴上鲜艳的红

第二章 一起长大

领巾去学校。

因为小学就在家附近,他们不再需要家长接送,两个人每天都结伴上下学。只有天气不好的时候,他们才会被苏江和戴畅接送一两回。

10月下旬的一天,放学后,苏柚和路时从学校里走了出来。

还没走几步,苏柚就停在了校门口旁边的小超市前。

路时停下来回头看苏柚,看她眼巴巴地瞅着他,语气可怜兮兮的:"阿时哥哥,你想吃脆皮雪糕吗?"

一听这话,路时就知道是她嘴馋了。他对她笑了一下,拉着她走进了小超市。

本来是给她买脆皮雪糕的,但是她进去了又想买别的东西。

"阿时哥哥,我想吃辣条。"苏柚说着,已经拿起一包辣条。

路时像个小大人一样说:"脆皮雪糕和辣条只能选一个。"

"可是我都想要。"苏柚跑过来扯着他的衣角轻晃,撒娇,"阿时哥哥……"

"同时吃凉的和辣的,肚子会不舒服的。"路时提醒她,"你忘了?上次你这样吃,半夜还去医院打针了。"

超害怕打针的苏柚成功被路时唬住了。她权衡了一下,最后把辣条放了回去,乖乖地说:"那我还是吃脆皮雪糕好了。"

"嗯。"路时扭头对超市的老板说:"要两根脆皮雪糕,带瓜子仁的那种。"

老板给他们拿雪糕的时候，路时好脾气地哄苏柚："我明天给你买辣条。"

苏柚顿时开心地笑了起来，点头应："好！"

苏柚很贪吃，不管戴畅给她多少零花钱，她都能花得一毛不剩，全都拿去买吃的。之前她不止一次吃太杂，导致肚子难受，所以现在戴畅都不给她零花钱了。

他们的零花钱，戴畅都交到路时手里，让他保管。

路时的手中不光有戴畅给的零花钱，还有路堂给他的零花钱，俨然是个小富翁。他自己没什么要花钱的地方，干脆攒在一起，等苏柚想要什么的时候给她买。

苏柚和路时各自拿着一根脆皮雪糕，边走边吃。快到家的时候，他们正好也吃完了。

只不过，两个人嘴巴上没擦干净的巧克力还是出卖了他们。戴畅和苏江一看到他们，就知道他们吃了脆皮雪糕。

"这天气越来越冷了，少吃凉的。"戴畅拿起碗筷，还不忘说路时和苏柚。

苏柚震惊地问："妈妈，你怎么知道我们吃了凉的？"

戴畅好笑地说："要是不想让我知道的话，下次记得把嘴巴擦干净。"

苏江从戴畅手中接过碗,开始盛饭。听到这话,他也忍不住笑起来。

虽然戴畅让路时和苏柚少吃凉的,但他们还是经常在放学后去学校旁边的小超市买雪糕吃。有时候是脆皮雪糕,有时候是小布丁或者大脚丫,有时候是一对冰棒,他们一人一根。

每次掰冰棒时,路时都会把冰棒分得大小不一,让她能吃到两种口味的。和她分其他零食给他时一样,他也总会把多的那一半给她吃。

时沛一直没有回来,倒是打过几次电话来,打到了戴畅的手机上。

每次接到时沛的电话后,戴畅就会把路时叫过来,让他和时沛说几句话。

路时从不主动说什么,回回都是时沛问,他答。说不了几句,母子俩就没话可说了。

路时也从不问时沛什么时候回来。他知道,她不可能回来了。

苏柚却总会问时沛:"干妈,你什么时候回来呀?"

时沛也总能被苏柚问住,最后含糊其词地给出一个并不确定的答案,比如"紫藤花开了干妈就回去了"。

2006年，没有大年三十，除夕就在农历腊月二十九。

路时和苏柚的生日和除夕赶在了一起。

除夕当天，路堂还在出差回来的路上。

路时在苏柚家里，和苏柚一起跟着大人做手工。他们每个人都要做一只玻璃风铃。圆圆的玻璃上，可以用颜料笔画上自己喜欢的图案。

苏江用红色的颜料笔画了几条鱼，寓意年年有余；戴畅用橙色的颜料笔画了两只小老虎的简笔画，老虎是苏柚和路时的属相；苏柚用紫色的颜料笔画了一朵朵小花，虽然她这时还不知道紫藤花是什么样的，但她根据紫藤的名字用对了颜色；路时画了粉色的兔子耳朵，还有一个明亮耀眼的太阳。

每只风铃下方都会悬挂一个吊牌，吊牌上可以写心愿。

苏江给他们出了个题，要求他们在吊牌上写四个字表达自己的愿望。

苏柚想了想，便开始下笔写。写完"紫"字，她苦恼于不知该如何继续下笔，干脆开口向父母求助："爸爸妈妈，紫藤的'藤'怎么写呀？"

戴畅拿过女儿的草稿纸，一笔一画地写好"藤"字。苏柚照葫芦画瓢，勉强写出了这个字。

路时亲眼看到，苏柚在吊牌上认认真真地写下了"紫藤花开"。

等他们都写完,将吊牌系到各自的风铃上,苏江就搬来梯子,将四只风铃依次挂到屋檐下。

风一吹,风铃上的吊牌就轻轻摇摆起舞,风铃发出清脆的声响。

苏柚开心地跑到风铃下,踮起脚伸手去够风铃。路时也走过去,和她一起在风铃下朝着愿望伸出了手。

戴畅从屋里拿了相机过来,给他们拍了一张仰着脸伸手去够风铃的照片。

四个风铃上的心愿分别是——年年有余,吉祥平安,紫藤花开,永不分离。

最后四个字,是路时的愿望。

04 一枚书签

PPT 上,渐渐浮现出一张新的照片。

照片里,苏柚和路时穿着小学校服,规规矩矩地戴着红领巾。

他说
Tashuo

两个人站在讲台上,背后就是黑板。

他们一起拿着一张奖状,苏柚捏着奖状边缘,手中还拿着一枚带着两只蝴蝶的书签。

两只蝴蝶的翅膀重叠了一小部分,一只蝴蝶是紫色的,另一只是如同太阳的黄色的。

这是我们一年级的时候。

因为一起做的书签在班上最受欢迎,我和柚柚被评为了手工制作达人。

2006年,元宵节。

苏柚的愿望才许完半个月,就见到了时沛。

虽然紫藤还没开花,但是时沛回来了。

当时沛拎着大包小包的东西出现在苏柚家门口的时候,苏柚和路时正在院子里堆雪人。昨晚沈城下了一场大雪,早晨起来,苏柚就兴冲冲地要去院子里堆雪人。这会儿,她和路时已经快要把雪人堆好了。

"阿时哥哥!"苏柚指挥着,"我们一起把这颗雪人头搬上去吧。"

路时应允:"好。"

结果苏柚第一次没搬起来。路时露出笑意，对她说："我自己来吧。"

苏柚坚持要帮他一起搬："我要跟你一起搬。"

这次苏柚使出了吃奶的力气，终于和路时一起将雪球放到他们堆好的雪人身体上。

时沛站在门口静静地看着这两个孩子，不忍心打破这样美好的画面。

天上又开始飘雪花了，苏柚和路时并未察觉，正在一起给雪人添加眼睛和手。

路时从兜里拿出提前准备好的两枚黑色棋子，给了苏柚一枚，一起帮雪人安上了黑色的眼睛。

因为背对着门口，苏柚和路时并没有发现站在门外的时沛。

苏江要喊两个孩子进屋吃饭，从屋里出来的时候，才注意到门口站了个人。

时沛立在雪地里，头上和肩上已经落满了雪。

"阿……"苏江本来想喊路时和苏柚的小名，因为看到了时沛，到嘴边的话硬生生地变成了带着惊讶的一声"沛姐"。

苏江连忙迈下台阶，一边往门口走，一边回头扬声冲屋里喊："小畅！沛姐回来了！"

苏柚和路时齐刷刷地扭过头望向门口。

一看到时沛的身影，苏柚立刻抬脚朝着门口飞奔而去。

"干妈！"苏柚无比开心，激动得话语都染上了颤音，"干妈，你终于回来了！"

苏柚说着，人已经扑进了时沛的怀里，紧紧搂住了时沛的腰。

而路时还停在原地，没有上前哪怕一步。

时沛笑着搂住苏柚，随即抬头看向还站在雪人旁边的路时，眼里泛起泪光。

苏江从时沛手中拎过东西，温声说："外面冷，赶紧进屋吧，进屋说。"

从屋里出来的戴畅下了台阶，笑着嗔怪时沛："沛姐，你怎么才回来啊？"

她说这话时，走到旁边拉起路时冰凉的小手，牵着他来到时沛面前。

时沛对戴畅露出笑，眼睛却是红的。她低头看向儿子，发现将近两年没有见，他长高了不少。

小孩子的生长速度总是惊人的，更何况是男孩儿。现在的路时比苏柚高出了半个头，模样也越发帅气了。

路时一声不吭，不叫妈妈，也不跟时沛说话。

苏江又一次说："进屋，进屋，外面太冷了。"

第二章 一起长大

几个人这才回到屋里。

关上门,外面的冷气被隔绝,客厅里暖烘烘的。

路时却忍受不了了,他的双手都变得火辣辣的。

正赶上饭点,苏江和戴畅给时沛添了一副碗筷。

苏柚和路时去洗手间洗手,苏柚将手泡在水盆里,语调上扬地对路时说:"阿时哥哥,紫藤花还没开,干妈就回来啦!我过年许的愿望这么快就实现了!"

路时低垂着眼睫,平静地告诉苏柚:"她还会走的。"

苏柚愣住:"啊?"

路时耷拉着脑袋,低声呢喃:"她只是回来看看,还会走的。"

苏柚呆呆地眨了眨眼睛,忽然将手从水盆里抽回来,跑出了洗手间。

"干妈!"苏柚径直跑到餐桌边,一把抱住了时沛的腰,仰起头来问时沛,"干妈,你还会走吗?"

不等时沛说话,苏柚就又说:"阿时哥哥说你只是回来看看,还会走的。我不信,你不会走了对不对?"

时沛正在放碗筷,面对苏柚天真赤诚的发问,她一时语塞,不知如何回答。

戴畅及时插话，打断了这短暂的沉默。

"柚柚，你怎么没把手擦干净就跑出来了？"戴畅语气轻柔地指出她的不妥，"都把你干妈的衣服弄湿了。"

苏柚连忙松开了时沛。

时沛笑着回："没事的，一会儿就干了。"

"柚柚喜欢给玩偶化妆打扮吗？"时沛转移话题，"干妈给你买了芭比娃娃，你可以给她化妆，也可以给她换衣服。"

苏柚毕竟是小孩子，很容易就被转移了注意力。想到可以给自己的玩偶化妆换装，她立刻就要去玩芭比娃娃。

时沛连忙拉住她，耐心地哄她："我们先吃饭，吃完饭，干妈陪你玩，好不好？"

苏柚开心地点头："好。"

路时慢吞吞地从洗手间出来，发现他的座位被安排在了时沛旁边。

这天路堂在外地出差，所以只有他们五个人吃饭。

吃饭的时候，时沛一直给路时夹菜。她仍然记得儿子的饮食喜好，不喜欢吃胡萝卜，喜欢吃青菜，不喜欢吃肥肉，只吃瘦肉，鸡肉和鱼肉都吃，但是更喜欢吃鱼肉。

路时低头安静地吃着东西，竖起耳朵听母亲和干爸干妈聊天。他听到母亲说，去了南城后，起初工作得很不顺，但后来

第二章 一起长大

慢慢步入了正轨。之前她不回来也是因为过得不好,无法给孩子带拿得出手的礼物。

戴畅和苏江听得直叹气。戴畅说:"沛姐,你怎么会这么想呢?两个孩子想念的是你,不是你会给他们带什么礼物。"

其实时沛心里也清楚,但是自己混得不好就不想回来。最艰难的那段时间,她甚至多次庆幸儿子没有选择跟着她,不然路时就要吃苦了。

吃过午饭后,苏柚拉着路时拆起了礼物,时沛陪着他们玩玩具。

下午,苏柚和路时有小提琴课。戴畅和苏江打算给他们请假,这天就不去上小提琴课了。但是时沛说:"让他们去吧,我也跟你一起送他们过去。"

她笑得有几分苦涩,语气里充满了愧疚:"我还没有看过阿时和柚柚拉小提琴。"

就这样,时沛和戴畅一起送两个孩子去了小提琴兴趣班。

在老师的指导下,苏柚和路时认真地拉着小提琴。屋外,时沛陪着戴畅坐着等。隔着玻璃,她们能清晰地看到教室里的苏柚和路时。

戴畅问时沛:"沛姐,你这次回来打算待多久?"

时沛抿了抿唇，回答："明天就走。"

戴畅轻轻地叹了一口气，又说："阿时虽然嘴上什么都不说，但他是想你的。"

时沛笑了笑，怅然地说："我很想带他走，但我知道我不能。"

她知道，对路时来说，苏柚在路时心中是最重要的，比她和路堂都重要。

她无法带走他，她也无法留在这里。所以，他们母子注定会分离，会疏远。

当晚，时沛住在了苏家。第二天，她本想趁两个孩子还没睡醒的时候悄悄走，没承想，孩子们起得很早，她没能偷偷离开。

苏柚知道时沛要走，很难过地大哭了一场。

苏柚拉着时沛的手，央求时沛不要走。可是她的手被路时扯回来了。

路时轻声哄苏柚，让她不要哭，然后冷淡地对时沛说："我过得很好，以后你不用再回来看我，过你自己的生活吧。"

这些话听起来过分理智成熟，完全不像是一个七岁的孩子能讲出来的话。

其实路时想得很简单——如果每次母亲的到来都注定让苏

柚这么难过，那他宁愿再也不见母亲。

这一年秋天，路时和苏柚成了小学二年级的学生，路家院子里那棵紫藤也终于熬过了幼苗期，开始不断地攀爬生长。

放寒假之前，除了常规的寒假作业，老师还给学生们布置了一个手工作业，让他们制作一枚书签。可以自己独自完成，也可以找班上的其他同学合作完成，但最多只能两个人合作。

于是，苏柚和路时自然而然地组队了。

苏柚想制作一枚紫藤花书签，但是她还没见过紫藤开花，不知道紫藤花是什么样子。她思索了半天，从花联想到了蝴蝶，兴致勃勃地问路时："阿时哥哥，我们制作蝴蝶形状的书签怎么样？"

路时向来听从她的想法，欣然应允："好啊。"

定好了样式，苏柚和路时开始动手制作书签。

苏柚拿来家里的蝴蝶形状的小玩具，放在硬纸板上摁好，用铅笔沿着玩具的轮廓画线。

她画好轮廓线，要拿剪刀剪下这只蝴蝶的时候，路时突然制止了她。

他拿起苏柚放在一旁的玩具，将玩具的左侧翅膀上方和硬纸板上的右侧翅膀上方重叠，又用铅笔画了一只蝴蝶出来。

两只蝴蝶的翅膀重叠了一小部分,不能从中间剪断,也无法将它们分开。这两只蝴蝶是不可分割的共生体。

这只加上去的蝴蝶让苏柚十分惊喜。

"阿时哥哥!"她兴奋地拍手说,"你怎么想到的?好美啊!"

路时问她:"柚柚,你还记得小提琴老师教《梁祝》这首曲子时给我们讲的故事吗?"

苏柚立刻点头:"记得!"她说,"梁山伯与祝英台最后化成了两只蝴蝶!"

"我懂了!"苏柚激动地问路时,"阿时哥哥是联想到了他们的故事,所以又添了一只蝴蝶上去。"

路时浅笑着点头:"嗯。"

随后,苏柚小心翼翼地沿着最外层的轮廓剪下来两只蝴蝶。

在要上色之前,苏柚问路时:"阿时哥哥,你想把蝴蝶涂成什么颜色?"

路时说:"太阳的颜色。"

苏柚递给了他一支很接近太阳的颜色的黄色画笔,自己拿了紫色的画笔。

他们各自选择了一只蝴蝶,在空白的翅膀上涂下自己喜欢的颜色。

两只蝴蝶翅膀重合的那块地方,因为被涂了两种颜色,变成了一种接近黑色的颜色,但并不影响整体的美观。

2007年,元宵节过后,小学开学了。

开学第一天,苏柚和路时将他们一起做的手工作业拿出来,向老师和同学们分享他们为什么会做这样一枚书签的故事。

苏柚说:"阿时哥哥家的院子里种了一棵紫藤,我们在等紫藤开花。本来是想做紫藤花书签的,但是我还没见过它开花的样子,所以想象不出来紫藤花到底是什么形状的。不过我知道,花开了蝴蝶就会来,所以就把书签做成了蝴蝶的形状。"

"另一只蝴蝶是阿时哥哥加上去的。"苏柚的语气里充满了自豪,"因为我们学小提琴的时候,小提琴老师给我们拉过一首曲子,叫《梁祝》,老师也给我们讲了这首曲子的故事,故事里的梁山伯和祝英台最后都死了,他们化成了一对蝴蝶。阿时哥哥想到了这个故事,所以又加了一只蝴蝶。"

经过投票评选,路时和苏柚制作的蝴蝶书签最受欢迎。老师给他们颁发了奖状,他们的名字被写在了同一张奖状上。

"一人拿奖状的一边,挨着站好啊。"老师指导着他们,笑着举起相机,说,"好,笑一笑。"

苏柚露出了灿烂的笑容,路时的嘴角轻轻上扬,浅笑着。

咔嚓——随着相机的轻响声,路时和苏柚在班上的第一张双人合照诞生了。

这一年，他们八岁。

05 一只玩偶

PPT上是一段视频。

视频里，路时抱着一只小狗玩偶守在苏柚的床边。

睡醒的苏柚刚坐起来，怀里就被路时塞了只玩偶。她茫然地愣了片刻，然后兴奋地举起小狗玩偶，开心地蹬着腿欢呼："天哪，是小狗！是我超喜欢的小狗玩偶！"

苏柚眼睛亮亮地望向路时："阿时哥哥，我们给它起个名字吧！"

路时认真地沉思了几秒，然后一本正经地说："那就叫'五一'？"

"'五一'？"苏柚眨巴着眸子疑问。

路时解释："因为今天是五一，你在五一这天拥有了它。"

"好耶！"苏柚高兴地应允，"那它就叫'五一'！"

第二章 一起长大

> 小狗玩偶是我在九岁那年送给柚柚的礼物。
>
> 她一直很珍惜。
>
> 之后的很多年里,她睡觉也要抱着"五一"。

不知道是不是路时那番话起了作用,时沛真的再也没有回来看过他们。很长一段时间里,她甚至连电话都不打了。

后来有一两次,路时听到戴畅在和时沛通电话。

戴畅对电话另一端的时沛说,自己去把路时叫过来跟时沛说几句话。大概是被时沛制止了,直到通话结束,戴畅都没有喊他过去接电话。

2007年暑假,八岁的苏柚喜欢上了古典舞。

苏江和戴畅向来重视女儿的兴趣爱好,所以尊重苏柚的意愿,给她报了古典舞的兴趣班。

路时虽然想陪着苏柚,但不想学舞蹈。

正巧,钢琴班的教室就在古典舞班的对面,路时报了钢琴班,学起了钢琴。

每次路时的钢琴课结束时,苏柚还有十几分钟才会下课,所以一直都是路时在等苏柚。他站在走廊里,隔着玻璃看苏柚练习舞蹈动作,安静耐心地等她下课和自己一起回家。

从这一年开始,苏柚和路时除了学小提琴,还各自加了另一个兴趣班的课程。

2008年,春夏交替之际。

经过苏柚这几年的施肥浇水、精心养护,院子里的紫藤已经长大了。

但是这一年,紫藤还是没有开花。

苏柚有点儿挫败和泄气。毕竟她坚持认为,等花开了,时沛就会回来,再也不走了。

五一假期的前一天,苏柚和路时在放学后被苏江送去了兴趣班。

苏柚学舞蹈,路时学钢琴。

和往常一样,路时先下课。他从钢琴教室出来后,站在走廊里等苏柚下课。

虽然学古典舞还不到一年的时间,但是苏柚已经可以轻轻松松地做一字马等高难度动作了。路时忽而想起,她刚学古典舞那段时间经常哭。

苏柚是个超级怕疼的人,但学舞蹈的初期免不了吃些苦头。好多次她从舞蹈教室一出来,就抱住在外面等她的路时,啪嗒啪嗒直掉眼泪。

可她从没想过放弃,每次哭完就快速恢复成能量满满的小太阳,跟路时说下一节课她一定要拿下什么动作。

这天,快到下课的时候了,苏江和戴畅正巧也赶了过来。

接上苏柚和路时,苏江和戴畅领着他们在旁边的大型超市逛了一圈,给他们买了些零食,也买了家里要用的粮和油。

一家人往超市出口走的时候,苏柚的目光被一排小狗玩偶吸引了。虽然她没有开口向爸爸妈妈要玩偶,但是路时从她的眼中看到了强烈的渴望和喜欢。

路时默默地扭头看向那排小狗玩偶,心里想:一定要给柚柚买一只小狗玩偶回家。

他有钱。路堂给他的零花钱,他花不完。

隔天下午,苏柚去睡午觉了,路时拿好钱,想独自出门去给她买小狗玩偶,但被回屋的苏江撞了个正着。

苏江见路时要一个人出门,不免奇怪。毕竟路时总是跟着苏柚来回转悠,并没有独自去过哪里。他温声问:"阿时,你要出门?"

路时没有隐瞒苏江,如实说:"我要去昨天的超市给柚柚买玩偶。"

苏江和戴畅其实都知道苏柚喜欢小狗玩偶,他们本来想以后偷偷买回来给女儿当惊喜的,谁知道路时比他们还早一步想要买这只小狗玩偶送给苏柚。

苏江顿时笑起来，告诉他："干爸干妈会给她买的，不用你出钱。"

路时很倔强："我要给她买。"

苏江很无奈，只好答应："那干爸带你去？"

苏江说："我们开车过去会更快，或许能赶在柚柚醒来之前回家。到时候柚柚一睁开眼睛，就能看到我们阿时给她准备的惊喜了。"

路时点头："好。"

就这样，路时用自己攒下来的零花钱给苏柚买了这只小狗玩偶。

一百多块钱的小狗玩偶，对只有九岁的路时来说其实很贵，贵到他几乎花光了攒下来的所有零用钱。但很值得，因为苏柚喜欢。

路时抱着小狗玩偶，坐车回到了家里。他和苏江在回家的路上就商量好了，到家后，苏江用相机录视频，将他把小狗玩偶送给苏柚的瞬间记录下来。

他们悄悄地进了苏柚的房间，路时安静地守着还在睡的苏柚，直到她悠悠转醒。

苏柚带着睡意坐起来，旁边的苏江摁下相机的录制键。

路时把手里的小狗玩偶塞进了苏柚的怀里。

"柚柚!"他说,"给你。"

苏柚惊讶地睁大眼睛,十分欣喜地说:"天哪,是小狗!是我超喜欢的小狗玩偶!"

苏柚没有想到,自己昨天看上的小狗玩偶,这天就会拥有,阿时哥哥简直就是她的天神!

"阿时哥哥,我们给它起个名字吧!"苏柚望向路时,清透明亮的眼睛里闪动着细碎的光芒。

路时认真思索了片刻,询问苏柚:"那就叫'五一'?"

"'五一'?"苏柚眨了眨眸子,有些不解地发出疑问。

路时耐心地向她解释:"因为今天是五一,你在五一这天拥有了它。"

"好耶!"苏柚觉得这个名字很有纪念意义,欣然同意,"那它就叫'五一'!"

"柚柚……"

同一时间,苏柚喊:"阿时哥哥。"

路时轻声问:"嗯?"

苏柚眉眼弯弯地浅笑着说:"柚柚最喜欢阿时哥哥了!"

路时笑了。

第三章

最懂她的人

01 一串紫藤花

PPT 上是一张照片。

照片中,苏柚和路时站在开了一串花的紫藤树下。

苏柚在哭,路时却浅浅地笑着。

我们十岁那年,已经种下整整五年的紫藤终于开花了。

尽管只开了一串,看起来孤零零的。但紫藤能开花,柚柚超级高兴。

她哭,是因为她在心疼我。

第三章 最懂她的人

时间不紧不慢地往前行进着,但对小孩子来说,每一年都过得很慢。

每次刚过了年,苏柚就开始期待下一个新年的到来。只是四季太过漫长,漫长到她和路时熬了好久好久,才能从一个除夕,等到另一个除夕。

2009年4月,种在路家院子里的紫藤终于开花了。

但第一个发现紫藤开花的不是苏柚,也不是路时,是路堂。

他出差回来,一走进院子,就看到了紫藤树上挂着一串紫色的花。

路堂讶异地走到这棵紫藤树前,近距离地欣赏起这一串孤零零的紫藤花。

当天下午,放学后,苏柚和路时结伴回到家里。两个孩子刚放下书包,苏江就对他们说:"阿时、柚柚,你们去看看那棵紫藤树。"

苏柚怔了一瞬,而后问苏江:"爸爸,它是不是开花了?"

苏江笑着说:"去看看不就知道了。"

苏柚立刻转身往外跑,路时紧跟着她跑了出去。

两个人来到路时家的院子里,看到了背对着苏柚家的树梢上挂着一串紫色的花。

苏柚惊讶地来到紫藤树下,仰起头望着那唯一的一串花,欣喜地笑起来。

她语调上扬，惊喜地对路时说："阿时哥哥，原来紫藤花是这样的啊，好像一串紫葡萄呀！好漂亮！"

路时也笑，低声应："嗯。"

苏柚说得没错，紫藤花确实像紫葡萄。

须臾，苏柚突然转身往回跑。

"哎……"路时叫她，"柚柚，你干吗去？"

苏柚边跑边回头冲他笑，扬声说："我去让我妈给干妈打电话！紫藤花开了，她该回来了！"

路时张了张嘴，欲言又止。他本想阻止她，但那句话终究没有说出口。

路时跟着苏柚回到了她家里，看到她正在缠着戴畅给时沛打电话。

戴畅没有把手机给她，神色有些古怪。

"妈妈……"苏柚挽住戴畅的胳膊撒娇，"就让我给干妈打一个嘛！我想告诉她院子里的紫藤开花了！"

戴畅轻轻叹气，正欲说什么，路时忽而出声，对戴畅说："干妈，让柚柚打吧。"

他知道，她不打这个电话不会死心的。

戴畅无奈，只好将手机掏出来递给女儿。

第三章 最懂她的人

苏柚从手机通讯录里找到了时沛的手机号码，然后将电话拨了出去。很快，电话通了，但没人接。

戴畅说："可能还在忙。"

苏柚撇了撇嘴巴，将手机还给了戴畅。

苏江拿着相机走过来，对苏柚和路时说："去紫藤花那儿给你们拍张照？"

"好！"苏柚一听说要拍照，顿时又精神抖擞起来。她开心地拉住路时，蹦蹦跳跳地走向门口，戴畅的手机突然响起了来电铃声。

"是谁？"苏柚停住脚步，扭过头，满眼期待地问母亲，"是干妈吗？"

戴畅还没说话，苏柚就跑回了她身边，将手机拿了过来。

来电显示是"沛姐"。

路时捕捉到苏柚眼睛里闪烁的光，沉默地看着她开心地接通了这个电话。

时沛以为是戴畅给她打的电话，笑盈盈地叫："小畅？怎么想起来给我打电话啦？"

苏柚语调轻快地笑着喊人："干妈，是我！柚柚！"

时沛微怔，愣了一秒才笑着应："柚柚啊。"她温柔地问，"你最近好吗？"

苏柚快速回答:"我很好,我们都很好。"

"干妈!"她兴高采烈地对电话那端的时沛说,"紫藤开花了!之前你交给我和阿时哥哥的那颗种子,已经长成大树开花了!"

时沛似乎没有想到苏柚会跟她提起这个,沉默了片刻,才微微带着笑意应:"是吗?居然开花了。"

虽然是时沛亲手把种子给了路时和苏柚,并告诉他们,等这棵树长大开花的时候她就回来了,但她从没想过,这棵树真的能被他们种活,甚至开花。

苏柚很直接地问:"干妈,你哪天回来呀?"

时沛顿住了,根本不知道要怎么回答苏柚。有那么一瞬,她的脑子里响起路时那年冷冰冰地对她说的话。

路时说:"以后你不用再回来看我,过你自己的生活吧。"

所以从那之后,她再也没有出现在路时和苏柚面前。

但她确实回来看过他们,在他们不知道的时候,并且不止一次。

对于此事,戴畅和苏江是知情的。毕竟,没有他们和她打配合,她不可能每次都神不知鬼不觉地来了又离开。

时沛不说话,苏柚便又问了一次:"干妈,你哪天回来?"

时沛刚要开口搪塞苏柚,说自己最近太忙,路时就率先

第三章 最懂她的人

开口。

他很平静地对苏柚说："柚柚,她不会回来了。"

苏柚不信,倔强道："干妈说过的,等紫藤开花了,她就会回来了。"

"那是骗你的。"路时神色平静,话语却很温柔,"她不会回来的。"

苏柚啪嗒啪嗒地掉起眼泪,对着手机问："干妈,阿时哥哥在骗我对不对?你会回来的对不对?"

时沛愧疚地对苏柚道歉："对不起,柚柚……"

苏柚发出微弱的哭声,不再说话。

戴畅从她手中将手机拿过去,对苏江使了个眼色,让苏江把两个孩子带出去。

路时牵着苏柚走出客厅,往他家院子里走。直到苏江让他们站在紫藤开花的地方,苏柚还是止不住眼泪。

路时转过身,缓缓抬起手,轻轻地擦去她脸上的眼泪,温柔地安抚："柚柚,别哭了。"

苏柚泪眼汪汪地仰起头来,看向比自己高大半个头的路时,语气中带着哭腔,很委屈地问："阿时哥哥,你不难过吗?"

路时摇了摇头,认真地低声告诉她："能每天都跟柚柚在一起,我开心都来不及。"

111

苏柚顿时哭得更厉害了。她抱住路时，在紫藤树下泣不成声，抽噎了好久，才断断续续地说："可是我……我心疼，呜呜呜……我心疼阿时哥哥。"

苏柚对紫藤开花有执念，是因为时沛说过，紫藤开花了她就回来了。

苏柚天真地以为，只要紫藤开了花，一切就会回到从前，时沛会回来跟路时和路堂一起生活，再也不离开。

她真的很希望路时能跟她一样，也有爸爸妈妈疼爱。她也十分清楚，路时渴望拥有很多很多的爱。

路时浅浅勾起嘴角，轻声哄她："柚柚不难受，我没事的。"

苏柚好像一下子长大了很多，闷闷地对路时说："没关系的，阿时哥哥，我和爸爸妈妈都会爱你，会给你好多好多的爱。"

路时笑着应："好。"

站在树下的路时和苏柚说着孩子间的约定时，苏江已经为他们拍下了和紫藤花的合照。

02 一个保温杯

PPT 上是一段视频。

视频中,一起过十一岁生日的苏柚和路时正在交换生日礼物。

拿到路时送的礼物后,苏柚迫不及待地打开了盒子。

盒子里是一本精美的笔记本和一支圆珠笔,本子的封皮和圆珠笔的管身上都是苏柚最爱的 Hello Kitty 图案。

苏柚开心地将本子抱进怀里,不停地按压圆珠笔尾端,在清脆的咔嗒声中,欣喜地说:"阿时哥哥最懂我了!"

路时笑起来,不紧不慢地拆开苏柚送他的礼物。礼物是一个明黄色的保温杯,杯身上有小熊维尼的卡通形象。

他拿起这个保温杯,笑着对苏柚说:"谢谢柚柚,我很喜欢。"

十一岁的生日,干爸干妈让我和柚柚用各自攒下来的零花钱为对方准备生日礼物。

柚柚是个存不住钱的孩子,但她为了给我买生日礼物，努力克制着花钱买各种好吃的、好玩的东西的欲望，乖乖地攒了好几个月的零花钱。

那天晚上我问她，为什么要送小熊维尼保温杯给我。她说，因为只有这个杯子的颜色最像太阳的颜色。

我从未告诉过她我喜欢太阳，她却知晓我喜欢。

我们都是最懂彼此的人。

其实，在我的心里，柚柚就是我的太阳。

2009年国庆节后的第一个周末，两个孩子上完小提琴课回到家里，苏江和戴畅跟他们提出一个建议。

苏江温声对他们说："还有几个月就到你们的十一岁生日了，今年，我和你们的妈妈决定，让你们为彼此准备一份礼物。"

"但是要用你们自己攒下来的零花钱给对方买礼物。"戴畅及时接上话茬儿，又故意激苏柚，"阿时我是不担心的，阿时从不乱花钱。不过柚柚可要注意了，如果你控制不住，每次都把零花钱花光，到时候可就只有阿时给你买了礼物，而你拿不出钱来送阿时礼物了。"

苏柚气鼓鼓地放话："我一定能攒下钱给阿时哥哥买礼物的！"她胸有成竹地说，"不信你们就等着瞧！"

路时不由得笑起来。

苏柚觉得路时是在嘲笑她,有些恼羞成怒地说:"阿时哥哥,你再嘲笑我,我就不给你买生日礼物了!"

路时好脾气地说:"好,好,好,不笑你。"他的话语里带着纵容和宠溺,"我们柚柚一定能攒下钱给我买礼物。"

路时这话一出,苏柚还没来得及表示满意,苏江和戴畅就先笑了起来。

苏柚撇嘴,不满地说:"爸,妈,你们不准笑了!"

她在家里就是小公主,虽然偶尔任性,也惯会撒娇,但并没有被宠坏。父母和路时都宠着她,但他们对她的宠爱并不是无底线的。也因为他们有原则的爱,苏柚成长得很好。

虽然要攒零花钱,但并不影响苏柚拿钱去买零食。因为她有路时。

苏柚每次想花钱,都会撺掇路时给她买东西,不管是吃的还是玩的。

路时手里的钱多一些,花一点儿也还会有剩余。而且路时很惯着她,只要她的要求不过分,他向来不会拒绝她。所以苏柚很机灵地让路时掏钱给她买东西。

尽管在此之前,不管她想要什么,也都是路时出钱给她买的。

可手里有钱的感觉总归是不一样的,原来戴畅和苏江总是将零花钱交给路时保管,她想买什么都得通过路时,现在她的手里终于有钱了!

在努力忍了一个月后,苏柚就开始动摇了。

"我就买根雪糕。"

用自己手里的钱买了雪糕后,苏柚发现,不用向路时要钱就能买到东西的感觉真的好爽。

"我就买一支笔,这支笔太好看了,听说断货了都不好补货,错过了这次机会,还不知道要等多久才能买到。反正距离生日还有好几个月,后面省着点儿花钱就行了。

"我就买一套贴纸,是我最喜欢的卡通角色的,买完贴纸真的再也不买东西了!

"书店新上了一批漫画书,有我在追的那本,呜呜呜,好想买……就买最后一回,这次绝对是最后一回!"

…………

在一次次的放纵下,直到元旦节到来,苏柚都还没有存下一分钱。

眼看还有一个月就到他们的十一岁生日了,她这才觉得时间紧迫。

接下来的一个月,苏柚过得异常痛苦。因为习惯了手里有钱放纵潇洒的日子，由奢入俭真的让她很不适应。

她经常想去学校旁边的超市转一转，买点儿她喜欢的东西。但是她只要一想到，自己再不攒钱，就不能给路时买生日礼物了，就会停下往超市走的双脚。

路时见不得她可怜兮兮的模样，时不时会给她投喂些零食，有时是脆皮雪糕，有时是辣条，有时是薯片……总之都是她喜欢的、想要的。

因为有路时的不定期投喂，苏柚的痛苦得到了缓解。

放寒假后，临近过年时，苏柚和路时着手给对方准备生日礼物。

他们说好要保密，但苏柚还是忍不住问路时给她准备了什么礼物。

路时不说，她就拐弯抹角地打听，一点儿都不乖。

但这就是苏柚，她贪吃、爱玩、好奇心重，像只调皮又淘气的小猫。

2010 年 2 月 12 日，农历腊月二十九。

在除夕的前一天，苏柚和路时迎来了他们的十一岁生日。

当天晚上，苏柚和路时对着同一个生日蛋糕许愿，吹灭蜡烛后，他们互相给对方送出礼物。

苏柚迫不及待，立刻拆开了路时送给她的生日礼物。礼盒里是一套文创用品，包含了一个本子和一支圆珠笔。本子封皮上的图案和圆珠笔身上的图案一致，都是苏柚最近最喜欢的 Hello Kitty。

这套文创用品是苏柚这两个月里最想买的东西，但因为要攒钱给路时买生日礼物，她只能眼巴巴地看着班上的女孩子们一个接一个地拥有。

超市老板前几天还说，这批货卖完了就暂时没货了。苏柚当时还难过了一个晚上。

她没想到，路时给她买了！

苏柚高兴得差点儿蹦起来，兴奋地扬声喊："阿时哥哥最懂我了！"

路时果然知道她最想要什么。

路时也拆开了苏柚送给他的生日礼物，是一个明黄色的保温杯，上面有小熊维尼的卡通图案。

路时很喜欢这个保温杯的颜色，笑着对苏柚说："谢谢柚柚，我很喜欢。"

隔天除夕，路时已经用上了苏柚送的小熊维尼保温杯。

在两个人一起往门上贴倒着的"福"字的时候，路时随口问苏柚:"柚柚为什么会想到送我小熊维尼保温杯?"

苏柚歪着脑袋漫不经心地回他:"因为冬天了呀。冬天这么冷,就适合用保温杯喝热水。"她解释,"选小熊维尼的图案是因为,只有这个杯子和阿时哥哥喜欢的太阳是一样的颜色。而且,太阳也是暖暖的,和保温杯里的水一样会让人觉得暖烘烘的。"

路时惊讶地看向苏柚,不动声色地问:"你怎么知道我喜欢太阳?"

苏柚的脸上漾开灿烂的笑容,理直气壮地说:"反正我就知道!"

将倒着的"福"字贴好,苏柚松开手,对路时做了个鬼脸,又扬着语调说:"阿时哥哥最喜欢的就是太阳对不对?"

路时站在原地笑望着活泼明朗的苏柚,坦然地承认:"对。"

03 一束向日葵

PPT 上是一张照片。

照片中,苏柚穿着紫色的衣裙,头发被梳成复杂而精致的

他说 Tashuo

古风发型，上面别着漂亮的紫色蝴蝶发卡。

她脸上的妆容艳丽，眼角下方的颧骨处还画着一只紫色的小蝴蝶。

路时穿着短袖和短裤，两只手分别拿着苏柚的奖杯和荣誉证书。他扭过头去，看着怀里抱着一束向日葵对着镜头笑的苏柚。

十二岁那年的夏天，柚柚第一次尝试自己编舞。

然后，她用她原创的古典舞，在舞蹈比赛中拿了一等奖。

路时和苏柚十一岁这年的春夏之际，院子里的紫藤树再一次开了花，而且花比去年开得多。虽然每一串花上的花朵数量变少了，但至少不是孤零零的一串紫藤花了。

他们十二岁这一年，院子里的紫藤花开得比前两年更加好了。也是这一年紫藤花开的时节，苏柚喜欢上了一部新出的、正在连载、每周更新的动画。

一到这部动画更新的那天，她放学回家后的第一件事就是上网看更新，而且她看一集就得哭一回。

和她一起追动画的路时每次都得准备好纸巾，在她哭的时候默默地给她递纸巾，或者直接帮她擦眼泪。

第三章 最懂她的人

每次苏柚看完更新都会怅然若失。正好她这段时间琢磨着自己编一支原创的古典舞,所以在等更新的日子里,她放学后的空闲时间基本花在了编舞上。

她经常在路家院子里的紫藤树下想舞蹈动作,再将一个个动作巧妙地串联起来。有时跳累了,她还会坐在树下,靠着树干闭眼休息一会儿。

极其偶尔的时候,她会不小心睡过去。

苏柚在紫藤树下钻研舞蹈的时候,路时会搬一把椅子过来,放在台阶下。他坐在台阶上,低头在椅子上写作业,安安静静地陪着她。

直到天色暗淡,太阳西落,月亮悄悄地探出头;直到路时已经将作业写完;直到苏江或者戴畅从隔壁推开屋门,喊孩子们吃晚饭,他们才会一起结伴去吃晚饭。

这一年夏天,随着苏柚追的这部动画的完结,路时和苏柚也从小学毕业了。

看动画的最后一集的时候,苏柚从头哭到尾,哭了整整二十多分钟。

动画里有个很可爱的小女孩儿很早就去世了,她的灵魂以长大后的模样重新出现在好友的面前。

苏柚看完这部动画后,眼睛红红地问路时:"阿时哥哥,人死后真的有灵魂吗?"

路时不知道。活人怎么会知道死后的事情呢?但他想了想,很认真地回答苏柚:"信就有吧。"

"那你信吗?"苏柚望着他,眼睛湿漉漉的。

路时回她:"信。"

"为什么?"苏柚惊诧地睁大眼睛。她还以为他不会信这么虚无的东西。

路时笑了笑:"如果人死后有灵魂,那等我们都去世后灵魂也还能在一起陪伴彼此。"

"是欸!"苏柚的眼眸中顿时闪起细碎的光芒,她兴奋地说,"我想跟阿时哥哥一直在一起!"

她对路时伸出小拇指,笑着说:"阿时哥哥,我们拉钩,等将来我们都去世了,灵魂也要找到对方,陪伴对方。"

路时毫不犹豫地伸出小拇指钩住苏柚的小拇指,而后他们的大拇指指腹贴在了一起。

"盖章!"苏柚的语调轻扬,声音清脆悦耳。

下一秒,苏柚忽而想到了什么,盖完章后,很激动地对路时说:"阿时哥哥,我想到了!"

"什么?"路时茫然地问。

第三章 最懂她的人

"舞蹈!"苏柚眼睛亮亮地望着他,神采奕奕地说,"我要全部推翻,重新定主题,重新编舞!"

路时震惊地问:"你确定?时间还来得及吗?"

"试一试!"苏柚立刻就起身要去编舞,"不试试怎么知道不行呢?"

她说:"我想把主题改成灵魂陪伴,就是我们刚刚说的那样,人死后还有灵魂存在,人去世后,灵魂还在陪伴活着的那个人。"

"那结局呢?"坐在椅子上的路时微微仰起头,看向苏柚,"活着的那个人最后是死掉了,还是带着回忆独自活下去了?"

苏柚问路时:"你觉得呢?"

路时刚要回答,苏柚又说:"活着的那个人会继续活着。"

路时到嘴边的话又默默咽了回去。

苏柚歪了歪头,微微蹙起眉,和路时探讨:"如果从灵魂的角度出发编舞,那我用什么意象代表灵魂更合适呢?"

路时不假思索地说:"蝴蝶。"

苏柚眨了眨眼:"啊?"

路时说:"据说,人死后会化成蝴蝶,飞回来看惦念的亲人和爱人。"

"蝴蝶……会不会和《梁祝》的元素重合了呀?"她有点儿

苦恼。

路时中肯地说:"元素一样没什么不可以的,想表达的内核不一样就行了。"他问,"你想表达的内核是什么?"

苏柚认认真真地回答:"我想扮演死去的那一方的灵魂,通过舞蹈向活着的那一方表达,希望他继续好好生活,她的灵魂会时时刻刻陪在他的身边。就算从今往后只剩他一个人,他也不孤独,因为她的灵魂与他同在。"

路时和苏柚对视着。他给了她一个安心的眼神,语气肯定:"没问题的,大胆做。"

苏柚笑了起来,带着一腔雄心壮志,信心满满地应:"好!"

接下来的一周,苏柚废寝忘食地编舞,终于编完了这支名为《蝶愿》的古典舞。

名字是苏柚起的,"蝶愿"的意思就是蝴蝶的期望和心愿。蝴蝶是已亡之人的灵魂化身,所以这支《蝶愿》,是死去的人对活着的人想要说的话。

将这支舞完成后,苏柚去找了舞蹈老师。路时陪着她一同前往。

接下来大半天,路时都安静地坐在舞蹈教室的角落里,看着苏柚和她的舞蹈老师讨论各种细节和修改动作。

直到舞蹈的最终版确定下来,她在舞蹈老师和路时面前从头到尾地跳了一遍后,两个人才从舞蹈教室离开,乘坐公交车回家。

2011年8月。

在暑假结束之前,苏柚带着她原创的古典舞《蝶愿》站上了舞台。

路时、苏江和戴畅一起在台下的观众席等着苏柚出场表演。

苏柚上场后,苏江一直举着相机给女儿录制视频。

舞台上,一袭紫色古风衣裙的苏柚身姿轻盈,灵动得像一只小蝴蝶。

路时怀里抱着一束向日葵,目不转睛地望着聚光灯下翩翩起舞的她,唇边不自觉地盈了笑。

这支舞蹈毫不意外地让苏柚拿下了这次舞蹈比赛的一等奖。

路时跟着苏江和戴畅来到苏柚面前,将向日葵送给了苏柚。

苏柚开心地接过这束花,同时把手中的奖杯和证书都给了路时:"阿时哥哥,你对太阳爱屋及乌,要买向日葵送我了吗?"

路时任由她调侃自己,只低声问:"喜欢吗?"

苏柚浅笑,眉眼弯弯地说:"喜欢呀!阿时哥哥送我的我都喜欢。"

两个人正说着话,戴畅提醒他们:"阿时,柚柚,看这边,要给你们拍照了。"

苏柚赶紧拉着路时面朝父母站好。

就在苏江摁下快门的前一秒,路时扭头看向了苏柚。她脸上明朗阳光的笑容,比她怀里这束向日葵还要灿烂。

04 一板巧克力

PPT 上是一张照片。

照片中,苏柚穿着睡衣坐在床上,长发微微凌乱,额间的发丝略带潮湿。

她的手中拿着一板巧克力,脸上盈着浅笑。

这是柚柚十三岁那年生病时给她拍下的照片。

那天她发烧,不能跟我一起去学校了。

放学后,我买了一板巧克力给她带回来。

我到家的时候,柚柚刚睡醒。发了一身汗的她病恹恹地坐在床上,正在跟爸爸说她想吃巧克力。

第三章 最懂她的人

　　在我把巧克力拿出来递给她的时候，柚柚瞬间就笑了。
　　她说我懂她。

　　苏柚在舞蹈比赛中拿了一等奖，全家人都很高兴，干脆决定晚上去下馆子吃大餐。但因为现在才下午三点，所以他们先回了家一趟。
　　苏柚回到家后的第一件事就是摘发饰拆发型，但是头发被蝴蝶发卡缠住了。
　　苏柚找路时帮忙："阿时哥哥，帮我摘一下发卡，缠住头发了……"
　　路时放下手中的东西，走过来慢慢地将缠在发卡上的发丝解开，然后把她的蝴蝶发卡摘了下来。
　　但他并没有停下来，还继续帮苏柚拆发型。她头上左右两侧都编着小麻花辫，两个人一人拆一边。
　　路时全程很温柔，生怕弄疼了苏柚。
　　苏柚将头发都拆开，就拿上衣服进了卫生间去洗澡了。她洗完澡再出来的时候，已经是一个小时以后了，也到了要出门去吃晚饭的时间。
　　苏柚换好了出门要穿的衣服，但是头发还很潮湿。她没有吹头发。

苏柚向来不喜欢吹头发，每次都想糊弄过去，但每次都糊弄不过去。

路时早就提前将吹风机拿了出来，等着她出来后给她吹头发。在她想若无其事地跑出去的前一刻，路时叫住了她。

"柚柚，"他好笑又无奈地说，"别跑，过来吹头发。"

苏柚撒腿就跑，路时很快追上去。苏柚刚跑下台阶，就被路时抓住了，硬生生地被他拉回了客厅。

"不把头发吹干会着凉生病的。"他叹气。

苏柚理直气壮地说："你胡说，你每次洗完头发也不吹，也没见你生过病。"

路时说："因为我是短发，用毛巾多擦几遍就行，你不一样，你头发长，不吹干真的会生病的。"

苏柚被路时拉到沙发旁边坐下。

路时开了吹风机，先冲着自己的掌心吹了一下，试了试温度，然后才开始给苏柚吹头发。

苏柚只好认命地让他吹头发。

路时给苏柚吹完头发，又拿起梳子帮她把长发一绺一绺地梳顺。

这已经不是路时第一次给苏柚吹头发、梳头发了，所以他

第三章 最懂她的人

已经熟能生巧了。

路时甚至会给苏柚扎头发,只要她需要。

去吃饭的路上,坐在车后座的苏柚从兜里掏出被父亲淘汰的旧手机,开始玩手机自带的单机小游戏。

过了一会儿,她一边摁着手机的上下左右键,一边问身旁的路时:"阿时哥哥,你说……我们要不要试试用小提琴拉 *Secret Base*?"

路时扭过头,盯着苏柚,不确定地问:"双小提琴?"

他的话音未落,苏柚操纵的贪吃蛇就撞到了墙壁,游戏结束了。

苏柚抬起头望向路时,浅笑着说:"我觉得双小提琴或者钢琴和小提琴搭配都可以试试,前提是……"

"前提是……"路时接过了她的话茬儿,"得有乐谱。"

"我们可以找音乐老师帮忙!"苏柚语调上扬地说。

"好。"路时回她,"那就都试试。"

9月初,苏柚和路时成了初中生,他们进了沈城一中的初中部。

班上有个很帅的男生,开学第一天就主动跟路时搭话,没过几天就总是跟在路时身边了。

熟了以后，苏柚和他开玩笑说："夏焰，我知道你为什么要跟阿时哥哥玩。"

夏焰笑着问："为什么？"

"帅哥总是喜欢跟帅哥一起玩的。"苏柚一本正经地说。

夏焰登时笑出声："你的嘴巴可真甜，一句话把我和你的阿时哥哥都夸上天了。"

"但我还是要问一个自讨没趣的问题。"夏焰问苏柚，"那你觉得，我和你的阿时哥哥，谁更帅？"

苏柚毫不留情地说："你都知道是自讨没趣了还要问，那就不怪我了哈！"她颇为自豪，"当然是阿时哥哥最帅！你怎么可能比得上阿时哥哥？"

夏焰笑着看向一直没说话的路时。

路时砸过来一本书，还好夏焰身手敏捷，姿态还算优雅地把飞过来的书接住了。

初二上半年，圣诞节当天清早，戴畅叫苏柚起床吃饭，苏柚有气无力地说："妈，我好难受。"

戴畅走近，注意到苏柚脸上不正常的红晕，伸出手摸苏柚的额头，很烫。她发烧了。

第三章 最懂她的人

戴畅温柔地安慰苏柚："柚柚,你等一会儿,妈妈去给你拿退烧药。"

戴畅从苏柚的房间里出来,从柜子里拎出药箱,对正在吃饭的苏江和路时说："柚柚发烧了。"

苏江立刻起身,拿起苏柚常用的水杯倒了一杯温水,心疼地喃喃："怎么突然发烧了?"

"阿时,今天你自己去学校啊。"戴畅对路时说。

"好。"路时应声,然后又问,"需要我跟班主任请假吗?"

戴畅在药箱里找到退烧药和温度计,转身往苏柚的房间走,同时回答路时的话："不用,一会儿我给老师打个电话。"

"好。"路时跟在戴畅和苏江身后,一起进了苏柚的房间。

苏柚烧得似乎眼睛都在发热,勉强睁开眼睛看向床边的三个人,嘴角牵出一抹笑,声音干哑地说："你们怎么都进来看我了呀?"

戴畅将水银温度计递给苏柚："放在腋下夹好。"

苏柚坐起来,乖乖照做。

戴畅又从药盒里抠了一粒退烧药出来,让苏柚就着水把药吞下去。

苏柚萎靡不振地哼哼唧唧,撒娇咕哝："我难受……"

戴畅往她腋下塞温度计,让她那只胳膊保持不动,慢慢地

131

扶着她躺好，嗓音轻柔地安慰："已经吃了退烧药了，再好好睡一觉就不难受了。"

苏柚看向路时，对他露出一个笑。

"阿时哥哥，"她的声音听起来很倦，"不用担心我，等你放学回来我就好啦！"

路时"嗯"了一声。

这天有数学测验，上午第二节课就是数学课。

路时拿到试卷，填好姓名和班级就开始做题。

也许是一直在想苏柚现在的状况，他这天的学习效率很低下，总是心不在焉。终于憋到中午，路时没去学校的餐厅，而是直接去了小卖部，付钱往家里打了通电话。

接电话的是苏江。

"干爸。"路时很不放心地问，"柚柚现在怎么样了？好些了吗？"

苏江温声说："好些了，已经退烧了。"然后他又安慰路时，"阿时，你别担心，好好听课，柚柚好了以后，今天落下的课还需要你帮她补上呢。"

路时应下："嗯，我知道的，干爸。"

"行。"苏江轻叹了一下，又嘱咐他一遍，"不用惦记柚柚，

第三章　最懂她的人

她没事的。"

挂了电话，路时没什么胃口吃饭，就回了教室。

夏焰带了份炒饭回来，放到路时课桌上，还不忘调侃路时："不就是发烧吗？一两天就能好，看把你担心的。"

路时没说话，只看向夏焰。

夏焰："……"

这天的最后一节课，是数学自习课。

数学老师阅卷速度惊人，已经将上午的小测卷都批完了。她让课代表将试卷发下去。等课代表把试卷发完，数学老师才慢悠悠地问："谁还没有试卷啊？"

路时站了起来。

数学老师微微挑眉，又看了看手中这张试卷上的名字，然后才伸出手往前一递，示意路时过来拿试卷。

路时接过试卷，数学老师说："你看看你写的名字。"

路时的目光落在名字处——苏柚。

试卷是他写的，但他没意识到自己写的是苏柚的名字。

"下次考试你再写错名字，你的成绩就变成苏柚的了。"数学老师用开玩笑的语气提醒路时。

班上的同学顿时哄笑一片。

放学后，夏焰和路时一起走出校门。

"你怎么写成了苏柚的名字？"夏焰忍不住笑路时，"路时，你不是魔怔了吧？"

路时根本没注意听夏焰的话，径直拐进了学校旁边的超市。夏焰跟着他走了进来，又问："你买什么？"

路时站在货架前，选了一板巧克力，回夏焰："巧克力。"

"哦，给你生病的小青梅买的是吧？"夏焰揶揄路时，"我已经猜透你了。"

路时也不知道为什么自己会突然想买巧克力，但就是想买给苏柚。

路时回到家的时候，苏柚刚刚睡醒。

她上午吃了退烧药，短暂地退烧了几个小时，但午饭没吃几口，就又头重脚轻地回床上躺着去了。下午，她在床上昏昏沉沉地睡着，戴畅帮她物理降温，又贴了退烧贴。

再醒来，已经是傍晚，苏柚浑身出了很多汗。

虽然生了病，但苏柚还有兴致央求父亲给自己拍照，非说生病不去上学的日子也值得纪念一下。

就是在这时，路时回家了。

苏柚一听到家门声响，就在房间里喊路时："阿时哥哥！"

路时连书包都没放，就进了苏柚的房间。

第三章 最懂她的人

戴畅正在厨房做饭,苏江被苏柚喊过来给她拍照。

路时来到苏柚床边,卸下书包,随手放到苏柚的床上。他伸手去摸苏柚的额头,已经不烫了。

苏江站在床尾,拿着相机要给他们拍照。这会儿的苏柚终于有了些精神,仰头对苏江撒娇:"爸爸,我想吃巧克力。"

苏江连忙应:"爸爸这就去给你买……"

"干爸。"路时叫住要出去的苏江,说,"我买了。"

他拉开书包的拉链,从里面掏出一板巧克力,递给苏柚。

苏柚接过巧克力,一边拆包装纸,一边开心地说:"阿时哥哥,你好懂我!你怎么知道我想吃巧克力!"

路时笑起来。

退了烧的苏柚终于又有生气了。

苏江将女儿看着巧克力两眼放光的模样定格下来。

05 一杯咖啡

PPT 上是一张照片。

他说

照片中，苏柚和路时手中各拿着一杯咖啡。两个人挨在一起，笑望着镜头。

这张照片是用手机的前置摄像头自拍的。

我们十四岁那年，家附近开了一家咖啡馆。

柚柚和我背着爸妈偷偷去买咖啡喝，然后，那晚我们一夜都没睡着，熬了个通宵。

这张照片是柚柚用手机拍下来的。

尽管夏焰并没有特意在QQ上告诉苏柚，路时在考试时把名字写错了，但苏柚隔天一进班里就知道了。

毕竟这件事全班都知道，随便谁说一嘴，苏柚就知道得一清二楚。她没有多想，只是单纯地觉得，路时是因为她生病而担心她。

这些年，路堂回家的次数越来越少，有时候过年都不再回来。

偶尔回来过年的几次，他就会被苏江和戴畅叫去一起吃年夜饭。

路时和他的关系并不亲近，父子俩如同半生不熟的人，哪怕坐在一起也只剩沉默。不像路时在苏柚、苏江和戴畅面前，会笑得很开心，也会主动和他们聊天。

2013年端午节，路堂回来了。

一起吃晚饭的时候，路堂突然说自己要结婚了，就在下个月9日。

苏江和戴畅只是愣了一下。毕竟路堂和时沛已经离婚九年了，再重新组建一个家庭也在情理之中。

路堂顿了顿，又说："我以后可能就……不会来这边了，去东阳区那边住。"

路堂扭头看向路时，路时将嘴里的菜咽下去，神色如常地说："看我干吗？我不会跟你过去的。"

路堂就知道是这个结果。

"给你留了房间的。"路堂低声说，"你想什么时候过去都行。"

路时冷淡地回他："谢谢，不过不必了，我说了我不会过去住。我就在这里，哪里也不去。"

说着，路时还给苏柚夹了一块红烧肉。

路堂低低叹了一口气。

苏江及时说话："路哥，就让阿时在这儿住着吧，我和小畅会照顾好他的。"

路堂歉疚地说:"麻烦你们了。"

"这是哪里的话。"苏江举起酒杯来,和路堂碰了碰杯。

戴畅也笑着说:"路哥,不瞒你说,我和老苏从来就没把阿时当过外人,他就是我们的家人,你和沛姐也是。"

路堂抿紧唇,点了点头:"我知道,我都知道……我欠你们的太多了。"

路时将碗里的饭吃完就放下筷子,率先起身离开了餐桌,往屋外走去。他并不想听路堂说些冠冕堂皇的话。

苏柚还没吃完饭,但也跟着路时站了起来。

"爸,妈,干爸,我吃饱了!"苏柚飞快地说完,急急忙忙地追着路时跑了出去。

她刚下台阶,因为来不及刹车,突然撞到路时的后背。

"啊!"苏柚捂着被撞疼的额头,撇着嘴巴委屈地说,"阿时哥哥,你撞疼我了!"

路时回过身来,垂着眼看向苏柚,笑她:"明明是你撞我。"

"谁让你突然停下的?!"她强词夺理。

路时没再继续往下说,由着她怪他,问:"你吃完了?干吗也出来?"

"我担心你嘛。"苏柚还在用手揉额头。

路时伸手拉下她的手,无奈地说:"别一直揉,越揉越疼。

第三章　最懂她的人

我有什么好担心的。"

苏柚支支吾吾："干爸他……要再婚了，我怕你难过。"

路时笑了："我不难过。"

"真的吗？"苏柚不太信。

路时有理有据："我跟他都没什么感情，为什么要难过？"

苏柚觉得路时说得也对。路时从小就在她家和她一起长大，要论感情，路时对她的爸爸妈妈感情更深吧。

"你吃饱了吗？"路时问苏柚。

苏柚如实摇头。

小吃货因为担心他，不等自己吃饱就跑出来陪他。这个事实让路时心里软软的。

"柚柚想吃什么？"路时低声问她。

苏柚歪了歪头，认真思索起来。忽而，她像是想到了什么，满脸兴奋地压低声音跟路时说："家附近新开了一家咖啡馆！"

路时问："你想喝咖啡？"

苏柚伸出食指："嘘——"她凑近路时，踮起脚尖在他耳边轻声说，"小声说，不要让爸妈听到。他们不建议我们喝咖啡，你忘啦？"

苏柚嘿嘿笑起来，有些得寸进尺地告诉路时："阿时哥哥，我不仅想喝咖啡，还想吃甜品，据说他家也有甜品。"

路时纵容地说:"那走吧。"

苏柚开心地拍了一下手,蹦跳着往外走去。

路时跟在她身后,盯着她的背影笑了一下。

到了咖啡馆,苏柚看了好一会儿菜单,最后还是选择了招牌咖啡系列中的一种。路时和她要了一样的咖啡,苏柚又点了一块提拉米苏蛋糕。

过了一会儿,他们点的东西被服务生端了上来。

苏柚在开始吃小蛋糕之前,问路时:"阿时哥哥,你知道提拉米苏的寓意吗?"

路时嘴角上扬,说:"带我走。"

苏柚惊讶:"你居然知道。"

路时尝了一口咖啡:"上次用电脑,看到了搜索记录,其中一条就是提拉米苏的寓意。"

苏柚:"……"

路时又说:"除了你,家里不会再有人会搜这种问题。"

苏柚"哼"了一声,端起咖啡抿了一小口,微微蹙眉:"嗯……有点儿苦。没减糖浆怎么还会苦?"

路时笑着答:"可能是第一次喝,你不太习惯。"

他的话触动了苏柚脑子的某根弦,她从背带短裤的兜里拿出手机,打开相机,将摄像头调成前置的,然后拿起自己的咖啡坐到路时这一侧来。

"第一次喝咖啡,必须拍照留念。"她举起手机。

路时配合地端起自己的那杯咖啡,和苏柚拍下了他们拿着咖啡的合照。

路时和苏柚回到家时,路堂已经走了。

路堂让苏江给路时传话,说隔壁的房子他不会动,那套房就留给路时。

路时只回了苏江一句:"我知道了,干爸。"

当晚,失眠的苏柚和同样失眠的路时在客厅遇见了彼此。两个人睡不着想聊天,又怕吵醒正在睡觉的苏江和戴畅,所以偷偷地去了隔壁路时家里。

苏柚盘腿坐在客厅的沙发上,怀里抱着一个抱枕,正等着吃西瓜。

而路时正在旁边给她挑西瓜上的西瓜籽。

放在茶几上的手机正放着 *Secret Base*,苏柚这一年来听这首歌的次数最多。

这首歌也是他们正在学的小提琴曲的原曲。

苏柚眼巴巴地看着路时帮她挑西瓜籽,忽而叹了一口气,说：" 阿时哥哥，没有你我可怎么办啊？"

路时转过头看她："为什么会没有我？"不等她说话，路时又说，"我说了我会一直跟你在一起。"

苏柚浅笑："我就是觉得我很幸运，从小就有你陪着我。"

她试着想了一下，没有路时的苏柚独自长大的画面，说："不然我肯定会很孤独。我害怕一个人，孤孤单单的。"

路时笑了一下，把西瓜递给她的同时，回她的话："不会的，你这么招人喜欢，肯定会有很多好朋友陪着你长大。"

"但他们不是你。"苏柚吃了一口甜甜的西瓜，随即冲路时笑弯了眼睛，"这个西瓜好甜啊！阿时哥哥，你快尝尝！"

路时拿起另一块西瓜，低头咬了一口。

苏柚期待地问："怎么样？是不是很甜？"

"嗯。"路时抬眸看向苏柚，他的瞳孔中映出了苏柚的笑脸，他的嘴角轻翘起来，声音带着笑，"很甜。"

第四章

形影不离

他说 Tashuo

01 一件校服

PPT 上是一张照片。

照片里，苏柚和路时穿着高中的校服站在一起，各自比着剪刀手。不同的是，苏柚穿的是宽大的春秋长款外套，路时穿的是夏季短袖。

刚升入高一的那个月，柚柚总是会穿错校服。其他时间都没事，但每周一早上学校会检查校服。

这是那年国庆节前的周一，柚柚又穿着初中的校服去学校了。

为了帮她蒙混过关，我让她穿上了我的校服外套。

第四章　形影不离

十五岁生日这天,路时不再叫苏江和戴畅"干爸干妈",而是改口叫他们"爸妈"。

距离父母离婚,他彻底来苏家生活,已经将近十年。

这些年来,苏江和戴畅每年都要带着两个孩子出去旅游,苏柚和路时也因此一起去过了很多城市。

中考结束后,一家四口去首都玩了一圈。

首都七日游回来,苏柚和路时按部就班地去上小提琴课。苏柚上舞蹈课的时候,路时也会上钢琴课。

空闲的时间,夏焰会叫路时出门打球,路时每次都会带苏柚一同前往。

夏焰已经习惯了苏柚和路时形影不离。初一刚认识他们那会儿,他还以为苏柚是路时的小跟屁虫。后来他才意识到,明明是路时离不开苏柚。

中场休息的时候,路时跑到场边找苏柚。

苏柚正在认真地思考。路时很少见她露出这么苦恼又认真的神情。

"怎么了?"路时拧开瓶盖,在喝水之前将话问出了口,"柚柚,你在想什么?"

坐在座位上的苏柚仰起头来,表情严肃地和路时讨论:"我在考虑,不再继续报班学小提琴和舞蹈了。"

"为什么？"路时微微蹙眉。

他知道苏柚喜欢小提琴和古典舞，不然她绝对不会坚持这么久都还没有放弃。

苏柚说："再开学就上高中了，课程肯定很紧张，没有时间和精力再去坚持学小提琴和舞蹈了。"她鼓了鼓嘴巴，"而且，我也没想走艺术生这条路。"

路时在她身边坐下来，并不妨碍她做决定，只说："你想好就行，要是你觉得，继续学下去会让你无法兼顾学业，那就不学。如果你还在犹豫，并不想就这样舍弃小提琴和舞蹈，就再坚持半年看看？"

"我陪你。"路时告诉苏柚，"我会跟你一起去上兴趣班。"

本来不知道怎么做选择的苏柚终于露出笑容，如释重负地点了点头，语气也变得轻松起来："好。那今晚回家后我们就跟爸妈说，我要继续学小提琴和舞蹈，你继续学小提琴和钢琴，看看接下来半年怎么样。"

路时嘴角轻弯。

当晚，在饭桌上，苏柚和路时和两位家长商量起来。

苏江和戴畅也觉得，他们不该就这样放弃自己的兴趣爱好，赞同让他们再试半年看看。

所以，升入高中后，苏柚和路时依然会在周末去兴趣班

第四章　形影不离

上课。

苏柚和路时在沈城一中念了初中，两个人的成绩也不错——路时的成绩应该说是拔尖，因为他是他们这届的年级第一，所以他们直升沈城一中高中部。

初中部和高中部的校服大体相同，唯一不同的地方是胸前那道条纹，初中的校服上是橙色的，高中的校服上是蓝色的。

苏柚习惯穿初中的校服，性格又马虎迷糊，所以刚刚升入高中的这个月，有好几次穿错了校服。好在都不是在检查校服的周一，倒也没什么关系。

还有一周就要过国庆节的时候，苏柚又穿着初中的校服外套和路时一起进了教室。

路时在家里就发现她把校服穿错了，还提醒了她。但她懒得换，就这么穿着初中部的校服来学校了。

余悦看到苏柚身上那抹显眼的橙色，好笑地说："柚柚，这个月第几次了？下周一你可千万别穿错啊！"

升到高中部后，苏柚在班上结交了余悦这个好朋友。路时能感觉到，对苏柚来说，这个叫余悦的女孩子和她之前交过的所有朋友都不一样。至于为什么会有这种感觉，路时也说不清。他只是凭借对苏柚的了解，遵从内心的直觉猜的。就像那年苏柚发烧时想要吃巧克力,他会恰好买了巧克力回家一样。

看到苏柚又一次穿着初中部的校服来教室后,夏焰摇着头"啧啧"两声,开玩笑说:"小学妹,初中生要去初中部,你走错校区了吧?"

苏柚也开玩笑地回:"这你就不懂了吧?我是跳级过来的。"

夏焰说:"你说路时跳级我信,你不留级就不错了吧?"

苏柚气呼呼地说:"我好歹也是班里前十五名呢!"

夏焰说:"你的阿时哥哥可是全年级第一呢!"

这三年,夏焰时不时就对苏柚说"你的阿时哥哥"。明明是个挺正常的称呼,可从夏焰嘴里说出来,苏柚愣是觉得怪怪的。

其实初中的时候,班上就有同学觉得,苏柚叫路时"阿时哥哥"是矫揉造作,故意喊肉麻的称呼。

苏柚听到过同班同学在背后吐槽她,说她都十几岁的人了还装小孩这样喊人,听得人鸡皮疙瘩都起来了。但她并没有觉得她这样喊路时有哪里不妥,所以也不在乎别人怎么说她、怎么看她。

她仍然唤路时为"阿时哥哥"。从记事开始就叫的称呼,这么多年来早就刻入骨血,跟吃饭喝水一样自然。她一时半会儿不好改,也不想改。不过,夏焰每次模仿她说"你的阿时哥哥"

时，她只觉得那是一种朋友的调侃。因为他们关系好，所以他才会这样口无遮拦、无所顾忌。

苏江和戴畅这几天去了外地。

走之前，戴畅安排好了家政阿姨。她和苏江不在的这几天，每天都会有家政阿姨过来给孩子们做饭。

周日晚上，路时怕苏柚第二天穿错校服，特意将她那件干净的校服外套提前搭在餐椅椅背上，这样第二天吃过早饭后，她就能直接从椅背上拿起校服外套穿好，也不会穿错。

结果，第二天路时和苏柚起床时，上门来工作的家政阿姨已经给他们准备好了早餐，正在洗衣服。那件被路时放在椅背上的校服外套，已经被家政阿姨丢进了洗衣机里。

一同被丢进洗衣机里清洗的，还有苏柚和路时两天前放学后扔进脏衣篓里的校服外套。

路时："……"

他怎么都没算到，家政阿姨会洗错了衣服。

两件高中校服外套都被洗了，最后苏柚还是穿上了初中的校服外套。不仅因为学校检查校服的日子要求穿校服外套，还因为这天气温低，不穿外套会冷。

在校门口附近的公交车站下车后，路时把自己的校服外套脱下来递给苏柚，让她穿好。

苏柚乖乖地将路时的外套穿在身上，拉好拉链。

他的校服外套对苏柚来说很宽大，能遮住她的大腿根，完全把她身上那件外套遮挡起来了。

两个人结伴进学校时，检查校服的人看了看苏柚身上并不合身的外套，又瞅了瞅没穿外套的路时，问他："同学，你的校服外套呢？"

路时面不改色，眼睛都不带眨一下地说："忘穿了。"

"哪个班的？"

"高一（8）班，路时。"

对方记录好后就让路时进了学校，而畅通无阻进了学校的苏柚正在路边等他。

路时走到苏柚面前，苏柚愧疚地说："我要害你被班主任找了。"

路时笑了一下："这有什么。"他低声说，"不准愧疚。"

"我一定要改掉马马虎虎的性子！"苏柚下定决心，一副要重新做人的语气，"再也不让你帮我背锅了！"

路时笑起来，他问："真的吗？"不等苏柚回答，他又一本正经地说，"柚柚，你要是真能改了这个性子，那你就不是苏柚了。"

第四章　形影不离

苏柚反应了一秒才明白,路时在嘲笑她改不掉马虎的性子,追着路时就要打他。

路时抬脚就往前跑,但最后还是被苏柚抓住了胳膊。他故意的。

两个人正边走边闹的时候,夏焰的声音从身后传来:"路时!苏柚!"

两个人齐齐地回头。

夏焰打量着他们身上的校服,顿时乐出声:"我就知道会是这样。"他从兜里掏出手机,对他们说,"来,来,来,给你们拍张照片,这种英雄救美的时刻,必须纪念一下。"

苏柚配合地比了个剪刀手。

路时见苏柚比了剪刀手,也抬起手做了相同的动作。

"我说你们……"夏焰精准吐槽,"从小形影不离的青梅竹马都像你们一样跟复制粘贴似的吗?"

苏柚哈哈笑,扬声回夏焰:"不知道别人,但我和阿时哥哥是。"

这天,因为没有按照学校要求穿校服,路时被罚站着听了一上午的课。好在他个子高,座位在最后一排,站着也不会影响其他人看黑板。倒是有颗小脑袋总会在老师不注意的时候偷偷回头看他。

上午第二节课的时候，路时收到了从前面传过来的一张字条，上面写着：阿时哥哥，我以后再也不犯迷糊了。

这句话后面还画着一个哭脸。

路时在这句话的下方回苏柚：迷糊蛋柚柚不准哭，我只是罚站而已，没什么大不了的。你很好，所以不用强迫自己去改变什么，不管发生什么事，都有我给你兜底。

02 一条手链

PPT 上是一张照片。

照片里，苏柚手中拿着一捧花。她低头轻嗅花香，嘴角带着笑。

她拿着花的手腕上，戴着一条很漂亮的手链。

这是我们十六周岁生日的时候。

那天是我们的公历生日，我送了柚柚十六朵花。

第四章 形影不离

那个时候我们还不知道,说不清道不明的情愫在发芽。

上高中后,苏柚和路时尝试继续去兴趣班,但是效果并不好。准确来说,是苏柚的尝试效果不理想。她无法兼顾兴趣班和课业。所以到了高一的寒假,苏柚不再去兴趣班学小提琴和古典舞了。路时也不再去学小提琴和钢琴,尽管他完全能够兼顾。

不过,这年学校举办元旦晚会的时候,苏柚和路时用双小提琴合奏了 Secret Base。

这几年间,他们一起练习过这首曲子无数次。这个舞台也为他们多年来风雨无阻地去学小提琴的坚持交了一份令人满意的答卷。

这次的演奏让苏柚和路时在学校里出了名,几乎全校师生都知道,学校里有对青梅竹马,拉小提琴拉得超级好。

苏柚从小就知道,自己不如路时聪明。在她看来,路时就是她的世界里最聪明的人。从幼儿园开始,他的成绩永远在班上遥遥领先,现在依然如此。

生活中,是路时紧紧跟着苏柚。而在学习上,是苏柚努力追赶路时。但不管她怎么追赶,都只能做到不被路时落得太远。

他说 Tashuo

路时更擅长理科,苏柚不偏科,文科理科对她来说没什么差别。但沈城一中是重理的学校,毫无意外,苏柚和路时都选择学理科。

这个寒假,除了有成堆的寒假作业要写,对苏柚来说没有其他的烦恼了。除了在写寒假作业的时候,她会很痛苦,其他时间她就像只快活又懒散的小猫。

除夕前几天,路时带苏柚出去玩了一天。

他们一起去了游乐场玩过山车和旋转木马,但不凑巧的是,那天摩天轮没有开,很想坐摩天轮看城市夜景的苏柚还挺遗憾的。

傍晚从游乐场出来后,路时带苏柚去买了个小生日蛋糕,然后拉着她去吃了一顿大餐。

苏柚惊喜地问路时:"阿时哥哥,还有四天才到我们的生日,你怎么今天就买生日蛋糕了啊?"

路时一边点蜡烛,一边回答苏柚:"那是我们的农历生日,公历生日就是今天。"

他将十六根蜡烛点好,抬眼看向苏柚,温柔地询问:"柚柚,从今年开始,我们每年过两个生日好不好?"

超喜欢过生日的苏柚自然不假思索地应允:"当然好啊!"

第四章 形影不离

她很开心地说,"这样就能吃两次生日蛋糕了,还能许两次愿望!"

路时被她逗笑:"那就这么说定了?"

苏柚伸出手,路时用手指和她拉钩,约定好此后每年都要过两个生日。

农历生日跟爸妈一起过,公历生日他们自己过。

路时送了苏柚一条手链,手链中间是一个圆形,圆形里面镶嵌着一颗闪闪发亮的锆石,很像太阳。他是因为手链的名字叫"太阳手链"才买的。

苏柚很喜欢这条手链。

戴上手链,苏柚忽然对路时说:"阿时哥哥,我都没给你准备今天的礼物。"

路时轻声笑,回她:"你每年都能和我一起过生日,对我来说就是最好的礼物。"

于是,苏柚闭着眼睛许愿,很虔诚地说:"我希望,以后我的每一个生日也都有阿时哥哥。"

"笨蛋。"路时笑她。

这个愿望根本不用许。

吃完晚饭也吃了生日蛋糕后,路时和苏柚从店里出来,往

他说 Tashuo

公交车站走。

但还没走几步，两个人就遇上了一个卖花的小姐姐。

小姐姐主动凑过来对路时说："小帅哥，给你旁边的小姑娘买束花吧！"

路时还没说话，苏柚就问："姐姐，你这花怎么卖的啊？"

小姐姐连忙笑着告诉苏柚："五块一朵。"

苏柚刚想说她买一朵，路时就率先道："我都买了。"

苏柚登时愣住，震惊地扭过头看向路时，不懂他为什么突然要买下全部的花。

她只是想买一朵，支持一下小姐姐。他呢？买这么多花干吗啊？

路时付完钱，小姐姐就很上道地把十几朵花都给了苏柚。苏柚的大脑还没转过弯来，手已经本能地接过了这些花。

小姐姐卖完花高兴地揣着钱离开了。

苏柚低头瞅着自己手中的花，又茫然地仰起头望向路时。

路时看着她一副傻呆呆的模样，笑了。他说："刚好十六朵。"

苏柚还没反应过来，疑问出声："啊？"

路时无奈，只好进一步提醒："十六岁生日，十六朵花，刚刚好。"

苏柚这才明白："哦……"

"我给你拍张照吧，柚柚。"路时从他的兜里掏出手机，将相机打开。他走到苏柚前面，转过身面对她。

苏柚没有刻意摆姿势，只是微微低头，轻轻地嗅闻怀里这十几朵漂亮的花，而后浅浅地扬起了嘴角。

她露出笑的这一刻，路时刚好摁下拍照键。

03 一副耳机

PPT 上是一段视频。

视频里，苏柚和路时坐在摩天轮上，他们各戴着一只耳机，正在听同一首歌。

路时举着录视频的手机，苏柚对着镜头笑，嘴里还在轻轻哼着歌。

十七岁那年的暑假，我和柚柚一起去坐了摩天轮。

当摩天轮升到最高点时，我们听着同一首歌。

他说 Tashuo

　　十六岁的生日过完没多久，苏柚遇到了一个难题——她九岁那年，路时送给她的小狗玩偶被洗衣机洗坏了。

　　当时路时出门去附近的超市买盐去了，并不在家。戴畅第一时间就把坏掉的小狗玩偶拿给了苏柚。

　　苏柚看到小狗玩偶惨不忍睹的"尸体"后，有一瞬间想哭。这个玩偶陪了她七年，她几乎每晚都要抱着它睡觉。它甚至有自己的名字，叫"五一"。

　　现在"五一"破破烂烂，想要缝补都无从下手。可是苏柚实在不想让路时知道小狗玩偶变成了这副样子。

　　苏江从书房出来，看到了坏掉的小狗玩偶。

　　苏柚嘱咐父母："爸妈，你们不要告诉阿时哥哥，我不想让他知道'五一'已经成这副样子了……"

　　苏柚也不知道自己在介意什么。总之，她就是不想被路时发现他送给她的小狗玩偶变成了这样。

　　苏江安慰女儿："这只小狗玩偶当初是我带阿时去买的，不然爸爸再去帮你买一只一样的回来？"

　　苏柚的眼睛顿时亮起来："好啊！"她想了想说，"一会儿等阿时哥哥回来，我就拉着他出门玩。爸爸你买好了就直接把玩偶的吊牌剪掉，然后把它放在我的床上，这样阿时哥哥应该发现不了。"

第四章　形影不离

戴畅说："那'五一'的'尸体'就交给我处理吧。"

分好工后，苏柚忐忑地等着路时买完盐回家，准备立刻拉着他出门。

路时对此毫不知情。他回到家，刚把盐放到桌上，苏柚就跑过来把他往外扯。

"阿时哥哥。"苏柚一边拽着他往外走，一边说，"走！我们出去玩！"

路时觉得怪突然的，疑问："啊？去哪儿玩？"

苏柚随便说了个地方："咖啡店，我想喝咖啡了！你请我喝杯咖啡去吧！"

苏柚已经不怕被父母知道他们去喝咖啡的事了，因为苏江和戴畅现在根本不管他们喝不喝。

路时无奈地告诉苏柚："现在喝咖啡，你小心晚上睡不着。"

虽然嘴上这样说着，但他还是任由苏柚拉着自己出了家门，去了咖啡店。

苏柚进了咖啡店不可能只点一杯咖啡，还要了一块小蛋糕。

路时点了一杯咖啡坐在她身边，陪着她一起在咖啡店消磨时光。

苏柚慢吞吞地吃着小蛋糕，时不时玩起手机。他们现在都有了属于自己的手机。

苏柚正等着父亲的消息，忽而收到邻班一个不熟的女生加她QQ好友的提醒。她并没有多想，以为对方只是想和她加好友，所以就同意了对方的好友申请。

结果是她单纯了。这个女生加她是想打听路时的消息，想从她这里得知路时哪天出门、去哪里。对方甚至还问苏柚，能不能帮忙把路时约到津海公园。

苏柚垂眼盯着手机屏幕，心里有一种陌生的情绪在乱窜。

苏柚知道路时其实很受欢迎，也常常听到班上的女生偷偷地聊他，夸他帅，夸他优秀。她每次听到都感觉很自豪。但最近也不知道怎么了，听到别的女生聊起他，苏柚的心里总是酸酸的。她突然发现，自己并不是那么想让他受人欢迎。

每当这种思绪跑出来时，苏柚就觉得自己变得很陌生，不像她。

她分明不是这么小气的人。

现在，这种陌生的她仿佛又占据了主导地位。

苏柚的指尖在手机屏幕上戳戳点点，最后回了对方一句话：*我问他了，他说不去。*

其实她根本没问。

苏柚撒谎了。苏柚觉得自己变得很卑鄙，居然为了不让他去见别的女孩子而撒了谎。她甚至都不知道他想不想去。

第四章　形影不离

万一路时想去见对方呢？那她会很难过。

这么胡思乱想着，苏柚吃进嘴里的小蛋糕都变得没滋没味起来，也尝不出咖啡的味道。

过了一会儿，路时忽然发现苏江的车从咖啡店外驶过，往家里开去。他好奇地对苏柚说："爸开车出门了啊。"

苏柚没注意他说了什么，茫然地问："嗯？"

路时告诉她："我刚刚看到爸的车开过去了。"

苏柚心不在焉地应："哦。"

路时从刚才就觉得苏柚不对劲儿，探究地盯着她："柚柚，你怎么了？是不是有事瞒着我？"

他一语中的。

苏柚的眼睛慌乱地闪烁了一下，她低下头吃蛋糕，含糊地说："我能有什么事瞒着你啊。"

路时更加笃定了："你就是有事瞒着我。"

苏柚硬撑着否认："我没有。"

就在这时，苏柚收到了苏江的信息。

苏江说，他买到一个看起来和"五一"基本一样的玩偶，并且剪了吊牌放在她的床上，而且这只新的小狗玩偶拥有录音功能，开关在小狗的尾巴上。

苏柚快速地浏览了一遍父亲的信息，不等路时再说什么，

161

飞快站起身，情绪怪怪地说："我们回家吧。"

路时看她几秒，也没再说什么了。他知道问不出来，所以选择自己观察。

几天后，路时终于知道苏柚不对劲儿的原因。

因为那只小狗玩偶。

路时注意到，苏柚床上的小狗玩偶不是自己送她的那只。这只看起来很新，像是才买回来的。

不过，既然她不想让他知道，那他就当作没发现。

也是从苏柚情绪奇怪的隔天一早开始，她再也没有叫过路时"阿时哥哥"，转而开始叫他的全名。

路时起初很不适应，苏柚每次喊他"路时"，他都觉得很陌生，让他生出一种他和苏柚在逐渐疏远的错觉。但不管他怎么问，苏柚都不肯说为什么忽然对他改了称呼。

高一下半年，开学就会文理分班。

都选了理科的苏柚和路时被分在同一个班，很有缘分的是，夏焰和余悦也在。

他们四个人都在高一（13）班，这也意味着，高中毕业之前他们都不会再分开。因为之后不会再分班了。

高二上学期，临近元旦假期的时候，苏柚和路时被班主任

第四章　形影不离

杨其进点名，让他们代表班级给元旦晚会出个节目。

这一年的元旦晚会，苏柚拉小提琴，路时弹钢琴，两个人合奏了一首 *Lost in Paradise*（《迷失在天堂》）。

演奏这首曲子并没有其他含义，只是因为苏柚最近刚好很喜欢这首曲子，没事就在家和路时合奏几遍玩玩。

不出意外，他们又一次凭借元旦晚会的合作舞台被全校师生知晓。

时间一晃，来到高二下学期临近期末考的这周。

2016 年 6 月 24 日，是个周五。

下午大课间，苏柚和余悦如往常一样结伴去了卫生间。

等她们再回来的时候，苏柚发现，去年加她 QQ 想要和路时拉近关系的那个隔壁班的女生来了，正在后门和路时说话。

看到苏柚后，那个女生脸上露出了笑。不知道她跟路时说了什么，路时抬眸望了过来。

和路时四目相对的这一刹那，苏柚忽而慌张起来。她的心脏快速跳动着，大脑变得一片空白。

路时是不是已经知道了去年她没有询问他，就擅自帮他拒绝了这个女生的邀约？路时知道她撒谎了，她该怎么解释？

这种恐慌和忐忑一直持续到当晚睡觉。因为脑子里不断播放路时和那个女生讲话的场景，苏柚失眠了。

好在第二天是周六，不用上课，白天可以补觉。

但失眠会让人情绪烦躁，苏柚在床上滚来滚去，折腾到黎明才勉强睡过去。

等她再醒过来，已经快要中午了。

苏柚眼皮沉沉、脚步虚浮地走出卧室，没有看到父母，只在厨房找到了正在做午饭的路时。

"爸妈呢？"苏柚嗓音干哑地问路时。

路时扭头看了她一眼，回她："有事出门了，他们说中午不回来，让我们自己吃。"

"哦。"苏柚还不太清醒。

"柚柚。"路时将火关掉，主动提起昨天的事，"昨天下午大课间，隔壁班的——"

他的话还没说完，苏柚就像被人浇了一盆冷水，瞬间清醒了。

她急忙打断，在他把话说完前主动认错："对不起，我其实……我去年……故意跟她说你不去见她。"

"我撒谎了，我根本就没有问过你。"她耷拉着脑袋，根本不敢看路时的眼睛，很不安地嗫嚅，"我当时鬼迷心窍了，控制不住自己，满脑子都是不想让你去见她的念头……"

第四章　形影不离

路时愣了，以为自己听错了。

"柚柚，你刚说什么？"他紧张又急迫地问。

苏柚抬起头，有些迷茫地望向路时，讷讷地说："我撒谎了……"

路时突然笑了，语气惊喜地低喃："超乎我的预料。"

他有一点儿开心。

路时走过来，停在她面前，向她解释了昨天下午的事情。

那个女生要出国留学，只是单纯地想在走之前跟他说句话，祝他前程似锦。

"别站在这儿了。"他拿了筷子递给苏柚，"去坐好，要吃午饭了。"

"吃完午饭我们干吗？要不要出去玩？"苏柚开心地询问他，"去坐摩天轮好不好？"

"不好。"路时毫不心软地拒绝了她的提议，"吃了饭去写作业，写完作业我给你补课。要期末考了，你的化学得着重补一补。"

苏柚："……"

她刚撇了一下嘴巴，又听路时允诺她："等放了暑假，我就带你去坐摩天轮。"

"你说的！"她眼睛亮亮地望着他。

165

路时点头:"我说的。"

2016年7月15日,正值暑假,两个人去了游乐场。

这次,苏柚终于在晚上坐上了摩天轮,和路时在一个舱内。

上了摩天轮后,苏柚先是兴奋地欣赏着外面的城市夜景,用手机拍了好几张照片,然后就坐到了路时的身侧。

苏柚从兜里将耳机掏出来,慢慢整理耳机线,忽然对路时说:"路时,你有没有听过摩天轮的传说?据说一起到达摩天轮的最高点的人,永远都不会分别。"

路时好笑地问:"你信这个?"

苏柚将一只耳机塞到路时耳朵里,在播放歌曲的同时笑着回他:"我信啊。"

随即,手机里的歌顺着耳机线钻进了路时的耳朵里。一起飘进他耳中的,还有苏柚轻轻的哼唱声。

摩天轮舱快升到最高点的时候,路时打开了手机的录制视频功能。他想把接下来的一刻记录成影像。

正哼歌的苏柚看到路时在录视频,冲着镜头笑了起来。

耳机里的歌在唱:"人间的跌落,默默迎送,当生命似流连在摩天轮……"

与此同时,摩天轮转到了最高点。

第四章　形影不离

苏柚的心脏扑通扑通地剧烈跳着,几乎要直接穿破胸膛跳出来。

04 一个烙印

PPT 上是一张照片。

照片里,路时背对着镜头,微微弯腰;苏柚举着手机,刚好挡住了她大半张脸。

路时暴露在镜头下的后背上,贴了一块面积不小的彩绘图案。

图案是一棵紫藤树和在紫藤树下靠着树干睡觉的少女。

上大学后,我找人设计了这个彩绘图案,贴在了后背上。

本来没想那么快就让柚柚知道的,但没有藏住。

她发现我后背上的图案的那天,对着我房间里的镜子拍下了这张照片。

他说
Tashuo

　　她从来没有在任何社交平台上向其他人分享过这张照片，但这张照片从那天开始，成了她的手机屏保、壁纸，还有所有社交软件的聊天背景图。

　　升入高三后，课业更重。

　　苏柚本来不偏科，但是分了文理班后，她的化学成绩时好时差。好的时候只是和其他科的成绩差不多，但差的时候能让她的排名下降不少。

　　路时开始给苏柚补化学。可是两个月过去，苏柚的化学还是老样子。

　　苏柚有点儿泄气，很绝望地说："你别管我了，让我自生自灭好了。"

　　路时回她："你觉得可能吗？我不管谁也不可能不管你，更不可能看你自生自灭。"

　　他让她趴在课桌上休息了片刻，然后温声哄："好了，起来，我再给你讲一遍。"

　　苏柚撇着嘴巴坐起来，深吸了一口气，听路时给她讲题。但她情绪不高，学习效率也很低下，这一遍讲完，她还是没有将这道题吃透。

　　路时用同类型的题检验她，她依然会做错。

第四章　形影不离

苏柚有些崩溃，将笔丢到桌上，起身往外走，跟自己赌气："我不学了。"

从屋里出来，苏柚一屁股坐在台阶上，闷闷不乐。

路时跟着她走出来，在她的身边坐下。

陪着她安静地坐了一会儿，路时估摸着她已经自我修复得差不多了，才不紧不慢地开口安慰她："柚柚，每个人都有不擅长的东西，这不是你的错。你能一直坚持，努力地想要克服它，已经很棒了。

"而且我才给你补习两个月而已，两个月能看出什么啊？很多知识都是需要积累的，厚积才能薄发。再说了，现在距离高考还有大半年呢，我们还有半年的时间可以帮你提高化学成绩，时间还有很多。"

苏柚垂头丧气地盯着自己的脚尖，可怜巴巴地问路时："要是最后我的化学成绩还是给我拖后腿，我不能跟你上同一个学校怎么办？"

路时笑着说："我们一定能上同一个学校。"

苏柚忽而转过头，不确定地问路时："到时候如果我的成绩真的不理想，你不会打算跟着我的志愿走吧？"

路时看着她的眼睛，问："不行吗？"

"当然不行！"苏柚很严肃地说，"你的成绩可以上全国最好的大学，为什么要因为我放弃顶尖名校？"

"不是因为你。"路时试图跟苏柚解释，"是为了我自己。"

苏柚像是不想听他的解释，猛然起身，不服输地说："走，回屋给我补习去。"

苏柚知道路时没开玩笑，所以她只能尽可能地提高自己的成绩，和他一起去他们都很想去的那所大学——一所双一流的政法院校。

虽然路时的成绩达到了自主招生的线，但是他没有走这条路。他决定正常参加高考，等分数出来再填报高考志愿。

高三的元旦晚会，苏柚和路时第三次在高中学校的舞台上合作。

这次是她拉小提琴，他弹钢琴，表演的曲目是高一元旦时他们用双小提琴合奏的那首 *Secret Base*。

下半年模拟考的时候，苏柚的化学成绩终于有了明显的提升，而且一次比一次分数高。

苏柚差点儿喜极而泣。她长久以来对化学的付出，此时此刻终于反馈在了她的化学成绩上。

6月份，一年一度的盛大高考如期而至。

经过两天的奋战后，苏柚和路时终于彻底解放了。

第四章　形影不离

高考完第二天，苏柚就被路时带去游乐场疯玩了一整天。

摩天轮的项目被路时安排在晚上，因为那个时候可以看到繁华的城市夜景。

当天晚上，时隔将近一年，苏柚和路时终于又一次登上了摩天轮的座舱。

在他们乘坐的座舱快要到最高点的时候，路时突然跟苏柚提起："柚柚，你还记不记得你去年说过，一起到达摩天轮最高点的人，永远都不会分别。"

苏柚在路时提起这句话的时候忽而心颤了一下。她望着就坐在她身边的路时，轻轻地点了点头，回他："记得。"

路时凝视着苏柚，眼睛一眨不眨，声音微微压低了一些，但足够她听清楚："柚柚，我们一辈子都不要分开，好不好？"

"我喜欢你，"路时主动握住她的手，有点儿紧张地攥紧，"我们在一起吧，好吗？"

苏柚的脸颊泛起红晕，嘴角漾起明朗的笑。她的语调带着少女的娇俏，小声回他："好，我们在一起，阿时哥哥。"

下一秒，路时忽然凑近苏柚，在她反应过来之前，轻轻地吻住了她的唇瓣。

同一时间，他们的座舱升至了摩天轮的最高点。

苏柚傻乎乎地屏息了片刻，直到路时退回去，她才突然急促地呼吸起来。

路时捏了捏她红通通的脸蛋，低笑着说："小笨蛋。"

他没跟苏柚提起，他也知道一个关于摩天轮的传说——相爱的两个人只要在摩天轮的最高点接吻，就能永远在一起。

正在努力平复呼吸的苏柚悄悄握紧路时的手，偏过头望向座舱外。

而座舱的玻璃上映出来的，是她笑容明媚灿烂的模样。

高考出分了，路时不出意外地成了2017年的沈城高考理科状元。

苏柚的高考成绩是653分，填报那所梦想的大学完全不成问题。

路时和苏柚一起去填报志愿，两个人的志愿完全是复制粘贴。他们的第一志愿都是政法大学，法学专业。

7月份，苏柚和路时各自收到了他们的大学通知书，来自同一所大学，是他们都想去的政法大学。

9月份，苏柚和路时被父母送去首都的政法大学。

为时两周的军训期过后，路时背着苏柚，偷偷找人设计了可以贴在皮肤上的彩绘图案。

路时没想过现在就把这件事告诉苏柚，他把图案贴在后背上，就算他们假期回了家，他也不会光着膀子出现在她面前。

所以他根本没想过，国庆假期和苏柚回家后，就被苏柚发现了他背后的彩绘图案。

国庆节当天，父母出门了，家里只有他们两个人。

路时在房间换衣服的时候，苏柚突然推开了他的房门，正要点外卖的她过来问问他想吃什么。

她推开他的房门时，路时刚好将身上的T恤脱下来，还没来得及穿上另一件。

于是，苏柚就这样意外地发现了他后背上的图案。她在看到的那一刻，愣怔了一秒。

路时从床上捡起他没来得及穿的那件白T恤，正要套上，苏柚走了过来。她伸出手，用指尖轻轻地触碰他后背上的图案。

苏柚拉着他，走到穿衣镜前。她让他背对着镜子，自己踮脚和他相拥，然后举起手机，将映在镜子里的画面拍了下来。

后来，他们点了双人份的炸鸡汉堡。吃东西的时候，苏柚忽而问路时："路时，你搜过紫藤花的花语吗？"

路时从来不干这种事。就像他知道提拉米苏的寓意，也只是因为苏柚在电脑网页里搜索过留下了记录，所以他才点进去看了一眼。

路时摇了摇头,问她:"紫藤花的花语是什么?"

"我也不知道啊,所以才问你的。"苏柚无辜地眨了眨眼睛。

她说完就摘了左手的一次性手套,输入密码解开了手机的锁屏。点进浏览器后,苏柚单手戳着屏幕上的键盘,打字搜索紫藤花的花语。

须臾,她告诉路时:"紫藤花的花语是,为情而生,为爱而亡。"她感慨了一句,"好悲壮又好浪漫啊。"

路时笑了笑,没说什么,捏起一根薯条蘸了点儿番茄酱,递到苏柚嘴边。

苏柚乖乖地张开嘴,把薯条吃进肚子里。

"嗯!"苏柚很满足地弯起眼睛,"还得是这家的薯条,脆脆的,也不咸,真好吃。"

第五章

他的新娘

他说 Tashuo

01 一双高跟鞋

PPT 上是一张照片。

照片中只有一双穿着银色高跟鞋的脚和一截被白色裙摆遮了一半的小腿。

那天是周三。

我和柚柚上完课后出去逛街,她在商场里看上了一双高跟鞋,就是照片里这双。

我帮她试穿上这双鞋,她站在我面前,偷偷地笑着跟我说,这下她想亲我不用再踮脚了。

第五章 他的新娘

虽然在青春期长个子的时候,苏柚和路时拉开了身高差距,但苏柚的个头并不矮,她的净身高有一米六七。只是路时长得更快更高。他高考之前测身高就有一米八六,上大学后又长了两厘米,最终身高是一米八八。

他们站在一起,谁都得说一句般配。不论是身高、颜值,还是学历……各方面都很登对。

上大学后,苏柚和路时除了忙于学业,还会参加辩论赛和模拟法庭比赛。他们最常去的约会地点是学校的图书馆,想放松的时候就会出去转转,逛逛街、看看电影。要是赶上小长假,他们有时还会去旅游。

他们大一那年放暑假回家,发现家里重新装修了一番,看起来就像个新房子。唯一没有变的,是沙发背后的墙壁,那团涂鸦还在。

苏柚八岁那年问过父母,这是怎么弄的。也是那次,她和路时都知道了,这是他们两周岁的时候淘气留下的"罪证"。

听戴畅说,当时她还差点儿把口红吃了。而现在,她已经是个会化妆的大姑娘了。

当晚,苏柚和路时在父母睡着后去了路时家里。

就像读初高中那几年一样,他们睡不着就会跑来这边偷偷聊天。这会儿,两个人正窝在沙发里吃西瓜,消磨时光。

苏柚甚至开始畅想以后的生活，说："毕业后，我们也不用去别的地方，我觉得这里就挺好。不如就像家里那样重新装修一下，把这边当成我们的婚房，还能留在爸妈身边。"

路时贴过来，将下巴搁在她的肩膀上，歪头笑着调侃她："那你想什么时候跟我结婚？"

苏柚回答得很认真："我们不是还要考研嘛，那就等研究生毕业或者快毕业的时候？"

"好。"路时应了，"听你的。"然后他在苏柚的脸颊上亲了一口。

苏柚偏过头，也回吻了他一下，亲在他的唇上。

路时又往她面前靠近，重新吻住了苏柚的唇瓣，这个吻温柔绵长。

气息不稳的苏柚乖乖地靠在路时怀里缓了一会儿，才小声说："我想吃脆皮雪糕。"

他们这天刚放假回来，路时还没来得及买零食放在这边备着，不过家里的冰箱里肯定有雪糕。

他揉了一下苏柚的脑袋，语气宠溺："等着，我去给你拿。"

说完，路时起身趿拉上拖鞋，去家里给苏柚拿脆皮雪糕了。

不多时，他拿着两根脆皮雪糕回来，坐到苏柚身边，将其中一根雪糕的包装袋撕开，然后才把雪糕递给她。

第五章 他的新娘

正在和余悦聊天的苏柚从路时手里接过雪糕,微微叹了一口气。

"怎么了?"路时拆开另外一根雪糕。

"悦悦也打算考研,不过她想去国外读研。"苏柚又叹了一口气,说,"我们都好拼命啊。"

路时笑了一下:"这才哪儿到哪儿。"他说了一个很残酷的事实,"工作后会更拼命。"

"所以啊,我们得珍惜我们还有寒暑假的这几年。"

苏柚刚把这句话说完,都没来得及讲下一句话,路时就问:"今年暑假你想去哪儿玩?"

苏柚立刻就笑弯了眼睛:"北疆!"

苏柚和路时在暑假去了北疆旅游。再开学后,两个人和之前一样按部就班地学习、泡图书馆、打辩论赛还有准备各种考试。

10月的某天上午,上完课后,苏柚突然很想出去逛逛。于是路时和她一起离开了学校,去了汇鑫商场。

本来苏柚只是单纯地想来商场随便逛逛,但只要逛街,必定会遇到自己很喜欢很想买的东西。恰如此时此刻,她在一家鞋店看中了一双银色的高跟鞋。

这双银色高跟鞋闪闪发光，鞋带是一条珍珠脚链，看起来优雅洋气。

但说起来，苏柚根本不穿高跟鞋。她个子高，平常就喜欢并且习惯了穿平底鞋，尤其爱穿舒适的运动鞋。她从来没买过高跟鞋，因为根本不会穿这种累脚的鞋子。

但是她真的很喜欢这双高跟鞋。

路时看出了她的喜欢。和苏柚牵着手的他微微俯身凑近她的耳朵，低声温柔地说："试一下。"

苏柚扭过头，小声对他说："可是我不穿高跟鞋啊。"

路时笑着回："先不考虑买不买，喜欢就试试。"

他说完，拿起鞋子看了一眼码数，刚好是苏柚穿的38码。

路时一只手拎着这双高跟鞋，另一只手拉着苏柚来到试鞋的区域。

他让苏柚在沙发凳上坐下来，自己蹲下身，把她脚上的鞋袜脱下来后，又给她穿好这双高跟鞋。

突然穿上高跟鞋，苏柚很不适应。她抓着路时的手站起来，稍微走了两步，感觉自己都不会走路了。

苏柚不再挪动脚步，乖乖地站在原地，拉着路时的手，看向他时忍不住笑。

路时问她笑什么，她就稍稍往前倾身，凑近他的耳朵，小

第五章 他的新娘

声地告诉他:"我发现,我穿上这双高跟鞋后,想吻你的时候都不用踮脚了。"

路时微微偏头,对她低喃:"那你怎么不吻我?"

不等她回答,路时就扭过头对店员说:"你好,这双鞋我们买了。"

苏柚登时惊讶,问他:"买回去干吗?放在鞋柜当观赏物品吗?"

路说逗她:"让你穿上它亲我。"

苏柚:"……"

虽然觉得这双鞋买回去后自己也不会穿,但苏柚心里是高兴的,因为她真的很喜欢这双漂亮的银色高跟鞋。

路时去付钱的时候,苏柚坐回沙发凳上,对着镜子欣赏自己脚上的这双鞋。她从包里掏出手机,开始给自己的脚拍照。

路时付完钱走过来,看到她正在拍照,主动说:"我来给你拍。"

苏柚把手机递给他的时候特意提醒:"不用拍脸和上半身,只拍我脚上的这双鞋就行。"

路时照做,给她拍了一张穿着银色高跟鞋的照片。

从鞋店走出来后,苏柚特意看了一眼手机上的日期,很开心地跟路时说:"今天是10月17日,哇,今天还是重阳节呢!

181

我要记住这个日子。

"我拥有了人生第一双高跟鞋,是阿时哥哥给我买的。"

长大后,她只有在撒娇的时候才会叫他"阿时哥哥"。

"阿时哥哥是你什么人?"他明知故问。

苏柚笑他幼稚。

"啊?你竟然不知道吗?"她皮过之后就回答了他,"阿时哥哥是我的男朋友啊!"

02 一套西装

PPT上是一张照片。

照片中只有路时自己,这是一张他的单人照。

他坐在沙发上,穿着一套浅灰色西装,衬衫是淡蓝色的,领带的颜色是和外套相近的灰色。

再仔细看的话,还能看到灰色领带上的银色领带夹,以及袖口处的黑金色袖扣。

第五章 他的新娘

这套西装是柚柚给我买的。

那天她给了我一个惊喜,送了我这套西装,包括这套西装的各种配饰。

那是我第一次穿得如此正式,也是她第一次帮我打领带。

大二那年,临近元旦时,路时提前找了一份律所实习的工作,对方说他放了寒假就可以过去。

"是首都的?"苏柚问,"那你寒假就不能回沈城了吗?"

路时笑着回她:"是沈城的。"他捏了捏苏柚的脸蛋,"可以天天回家。"

苏柚稍稍松了一口气。

"我还以为一个寒假都不能见你了呢。"她撇了撇嘴,伸手搂住他劲瘦的腰,完完全全地靠在他的怀里,继续说,"如果你真的要在首都实习,我们就要异地恋一个多月,只想想我就已经痛苦死了。"

苏柚是真的无法忍受突然和路时分开这么久。毕竟从五岁那年路时搬到她家住开始计算,十几年来,除去晚上睡觉,他们分开时间最长的一次,可能就是初二她发烧没有去学校那次,他们一整个白天没有见面。

其实路时比她还无法忍受异地恋。他们之中，他才是更黏人的那一个。

虽然元旦过后不到一个月就会放寒假，但苏柚和路时还是在元旦回了家。他们当天早上从学校出发，到家的时候已经是下午了。

苏柚一回到家，戴畅就告诉她："柚柚，你的快递昨天到了，我把快递盒子都拆掉扔了，里面的东西没有拆，全部放在你的房间了。"

"好。"苏柚笑着应，又问戴畅，"妈，我给你和爸爸买的衣服你们试了吗？合身吗？"

苏柚给戴畅买了件粉色的外套，现在穿会有点儿冷，年后春天穿正好。

苏柚给苏江买的是一套西装，因为苏江出席工作场合需要穿得正式一点儿。

路时好奇地问："你除了给爸妈买衣服，还买什么了？"

爸妈的衣服是苏柚找他参谋，两个人一起挑的。

但路时完全不知道苏柚还买了其他的东西寄回来。

她平常不管买什么东西都会告诉他，就算她买东西时，他没在她身边，她也会在微信上拍照或者截图分享给他。

只有这次，路时完全不知道，被她蒙在了鼓里。

苏柚神秘兮兮地丢下一句："一会儿你就知道了。"然后就跑进了自己的卧室。

很快，她抱着几个盒子从房间里走了出来。

路时还没问这是什么，苏柚已经把这几个有大有小的盒子放在桌子上，对他说："过来拆。"

路时更惊讶了："都是给我买的？"

"对啊！"苏柚笑得眼睛弯弯的，"送你的实习礼物。"

路时走到桌边，开始拆礼物。

苏江和戴畅也凑了过来，想看看里面是什么。

最大的盒子里放着灰色的西装外套和西裤，另一个稍大一点儿的盒子里是一件叠得很整齐的淡蓝色衬衫，其他的三个小盒子里，分别是灰色的领带、银色的领带夹以及黑金色的袖扣。

路时没想到，苏柚会送他这么齐全的一套西装，连小配饰都有。

苏柚对他说："你换上试试，看看合不合身。"

她说完又自言自语道："应该是合身的，我都是按照你的尺码买的。"

路时笑了一下，抱起放着西装和衬衫的两个盒子往自己的房间走，同时说："我去试试。"

过了一会儿,将衣服穿好的路时走了出来。

他嘴角上扬,告诉苏柚:"衣服很合适。"

坐在沙发上和父母一起等他的苏柚起身,走到他面前打量了他几眼,然后从放在桌上的一个礼盒中拿出领带,给他打领带。

路时再一次诧异。他垂眼凝视着苏柚,低声问她:"你什么时候会打领带了?"

"就前几天。"她抬眸对他笑起来,"我才学的,为的就是这一刻。"

要不是爸妈还在旁边,路时绝对会直接捧住苏柚的脸狠狠亲她一口。她真的太知道怎么撩拨他了。

苏柚帮路时系好领带,又给他戴好领带夹和袖扣,最后还帮他整理了一下衣服。

戴畅瞅着路时穿的这一身,夸道:"阿时穿这身好看。"

苏江也说:"很精神,也很正式。柚柚会选衣服。"

从桌子上拿过手机的苏柚听到父亲的夸奖,立刻有点儿得意地接上话茬儿:"那是!也不看看我是谁的闺女,你们的女儿眼光一向好得很。"

路时笑她:"尾巴都要翘天上去了。"

"那我也是凭实力把尾巴翘天上去的。"苏柚说完,指导路时,"路时,你坐到沙发上去,我看看这样拍出来的效果会不会更好。"

片刻后,给路时拍了一张照片的苏柚欣喜地说:"这张真好看!我好会拍!"

路时很少拍单人照,这张照片是他为数不多的一张单人照。照片中,他身上的服装和配饰,都是他女朋友送给他的那份实习礼物。

他很喜欢这张照片,并不是因为苏柚把他拍得很帅,而是这张照片里明明没有苏柚,但处处都是苏柚。

03 一对戒指

PPT 上是一张照片。

照片中,只有一大一小两只手。

男方的手掌心朝上,手指自然微弯,女方的手手背朝上,指节弯曲,手指放在男方的掌心里。

两只手的中指上的戒指刚好露出来。

他说

  我从大二寒假就开始实习,一直到大三下半年,才攒够了买对戒的钱。
  我用实习攒来的钱,买了一对情侣戒指。
  那天,我给柚柚戴上戒指后,柚柚跟我说,我们可以着手装修婚房了。

  路时和苏柚的大学生活过得并不比高中轻松,好在不管有多艰难,他们始终陪在对方身边。
  大三下半年,2020年5月20日是周三。虽然只有一节课,但很不巧,苏柚和路时因为正在实习,所以各自都有工作要忙。
  唯一能让他们感到一丝慰藉的,大概是他们实习的律所是同一家。他们能在同一个空间各自工作,不出意外应该也能一起吃饭。
  但还是出意外了。
  中午吃饭之前,苏柚被带教律师叫走一起去见当事人,路时没机会和苏柚一起吃午饭了。
  整个下午,苏柚都没有回律所。当晚,就在路时刚下班打算回学校的时候,苏柚的微信突然发了进来。
  她给路时发了晚亭大酒店的位置,然后告诉他房间号,说和他在那里碰面。

第五章 他的新娘

路时震惊地给她发了三个问号。

苏柚回他：过来看看江景放松放松心情，你是不是多想啦？

路时回了一串省略号。

在 520 这种日子，突然约他去酒店，他不多想才奇怪。

苏柚特意发了一条语音笑他："哈哈哈，我就知道你要多想！"

路时也语音回她："柚柚，我劝你不要玩火。"

苏柚又回了他一条语音，语气变得很无辜："我哪里玩火啦？明明是很正经地邀请你过来看江景放松心情，是你自己想多了好吧！"

路时轻叹了一口气，没脾气地回她："等我半个小时，我坐地铁过去。"

这个时间点，打车绝对会被堵在路上。

下了地铁后，路时往酒店走的时候，顺路买了个四寸的小蛋糕。

他到酒店房间的时候，距离他们结束聊天已经四十多分钟了。

坐在落地窗边的单人沙发里的苏柚回头看他，提醒道："你迟到了哦。"

路时抬起拎着小蛋糕的手："去买蛋糕，耽误了一会儿。"

他朝她走来的时候，注意到她面前的桌子上放着一束玫瑰。

路时并没有去苏柚对面的单人沙发上坐，而是径直来到她旁边，和她挤在空间有限的单人沙发上。

苏柚一边给他腾地方，一边哭笑不得地说："你就非得跟我挤？"

路时大言不惭地回："就非得跟你挤。"

苏柚往前倾身，将那束红玫瑰抱起来，递给路时："给你，节日快乐。"

路时有些意外地抱过这束玫瑰，完全没想到这是她要送给他的。他还是第一次收到喜欢的女孩子给他送的花。

路时数了数，一共二十一朵。正好是他们的年龄。

须臾，他说："我也有东西要给你。"

苏柚瞬间转过头来，期待地等着他要送给她的东西。

路时暂时将这束玫瑰花放回桌上，然后从自己的衣兜里掏出一个戒指盒。苏柚登时愣了一下。

路时将戒指盒打开，里面并排放着一对情侣戒指。这对戒指都是莫比乌斯环的设计，唯一不同的地方是女款的戒指镶了一排小碎钻。

他低眸凝视着神情错愕的她，一字一句地告诉她："这对戒指是我用这两年实习挣的钱买的，不算多贵重。

第五章 他的新娘

"柚柚,我今晚送你戒指,是想给你一个承诺——我会娶你,在你觉得你已经准备好要嫁给我的时候。"

苏柚盯着戒指盒里的戒指,唇边漾开笑容,说:"莫比乌斯环。"

路时低低地"嗯"了一声。

苏柚又说出了莫比乌斯环的寓意:"给你我无穷无尽的爱。"

路时回她:"我的也都给你。"

她伸出手。

路时从盒子里将女戒拿出来,把戒指戴到她的中指上。

随即,苏柚也给路时戴上了戒指。

两个人窝在一起,苏柚打开手机相机,想要给他们戴了戒指的手拍照。所以接下来的好一会儿,路时的手都被她翻过来摆过去地折腾。

最终,苏柚让他摊开掌心,手指自然地微蜷,自己将手放在他摊开的掌心里。这样刚好能露出他们中指上戴的戒指。

苏柚用手机对着他们的手不断拍照的时候,忽然开口跟路时说:"路时,我们是不是可以着手装修婚房了?"

路时低笑着应:"是该提上日程了。"

04 一瓶香水

PPT 上是一张照片。

照片中,苏柚和路时挨着坐在一起,两个人凑得很近。路时正微微低着头,闻苏柚手中的小瓶子。

他们面前的桌子上摆了很多瓶瓶罐罐,还有电子秤、量杯和滴管。

  大学毕业升入研一的那年中秋节,我和柚柚一起去 DIY 调香店制作了一瓶香水。

  那瓶香水的味道很像家中院子里的紫藤花香,是很清淡的香。

  柚柚给它起名叫"Sunny Wisteria(向阳紫藤)"。

大三下半年,路时和苏柚报名了法律职业资格考试。

大四开学后不久,他们都通过了本校的保研复试。也是大四上半年,路时和苏柚都通过了法考。

大四虽然没什么专业课,时间基本可以自己规划,但路时

第五章 他的新娘

和苏柚还挺忙碌的。

两个人都在律所实习,他们也经常在没事的时候去图书馆,或者和爸妈视频沟通家里正在装修的房子的各种问题。

这一年,他们的农历生日和公历生日只差了四天。

2021年2月10日,农历腊月二十九,路时和苏柚在家和父母一起过了他们的农历生日。

四天后,两个人出门,单独过属于他们的公历生日和情人节。

当天晚上,他们彻夜未归,在酒店住了一晚。

也是这次,路时和苏柚才彻底与对方裸裎相见。

苏柚向来怕疼,不出意外掉了眼泪,但随之而来的陌生的舒服将她一瞬间淹没。她越发渴望同他亲近。

路时紧紧拥着苏柚,低头吻去她挂在眼角的泪珠,他的亲吻十分温柔。

苏柚将脸埋在他的侧颈处,呼吸全都落在了他的皮肤上。

路时嗓音喑哑地低声问她:"柚柚,还好吗?"

气息短促的她娇娇软软地应了一声:"嗯。"

过了一会儿,苏柚眼尾泛着红晕,语调轻软地唤他:"阿时哥哥……"

路时像是被她这声"阿时哥哥"刺激到了,在她的侧颈处轻咬了一口。

苏柚委屈地说:"你干吗咬我?"

后来,苏柚思绪都断了,她的意识沉沉浮浮,结束后也只想闭上眼就睡,就连洗澡都是路时全程伺候。

洗完澡,被路时抱回床上,苏柚钻进被子沾了枕头就什么都不知道了。她不知道路时搂着她,就这样看着安稳熟睡的她,一夜没有合眼。

大学毕业对苏柚和路时来说并没有迷茫,也没有什么痛苦,因为他们接下来还会一起读研,只是要搬到另一个校区学习和生活了。

2021年的秋天,路时和苏柚正式成了研一的学生。

这一年中秋节,他们没有回家,没有去旅游,但也没有住在学校的宿舍里。

两个人在外面住了几天酒店,白天想出去就出去,不想出门就在酒店躺着消磨时光。

中秋节当天,苏柚和路时去了一家DIY调香店。

两个人悠闲惬意地坐在一起,共同制作一款香水。

苏柚想做有紫藤香味的香水,还想要闻起来很温暖、会让人联想到太阳的味道。

第五章 他的新娘

她和路时开始闻香、选香。

两个人选了一些觉得好闻的香拿到桌子上,想再进一步挑选。

在路时从桌子上的这些香中继续缩小范围挑选时,苏柚把自己的手机递给了店长:"麻烦姐姐帮我们拍几张照片,抓拍就行!"

店长姐姐笑着应:"好。"

苏柚也开始和路时一起选香。她闻了闻香草香,觉得还不错,便拿给路时闻。

"路时,"苏柚笑着说,"你来闻闻这个,我感觉还挺好闻的。"

路时低头凑近苏柚手里的小瓶子,店长刚好抓拍下了这一刻。

"还不错,"路时说,"感觉适合用作尾调。"

"那我们把它留下!"苏柚从店长手中接过手机,开心地说。

而后她又对店长甜甜地笑着说:"谢谢姐姐!"她低头看了看照片,很高兴地夸店长,"姐姐,你拍得好好看!"

苏柚性子活泼,嘴巴也甜,店长很喜欢这个女生。她笑着回苏柚:"是你们男帅女美。"

195

路时把另一瓶香也放了过来,跟苏柚说:"这个我闻着也可以。"

苏柚拿起来,看到瓶身贴着标签,写的是"琥珀"。

最终,两个人调制出一款香味清淡、基本符合苏柚要求的香水。这款香水前调是葡萄柚,中调是紫藤,尾调用了香草和琥珀。

葡萄柚是路时选的,紫藤是苏柚选的。尾调的两种香味,是他们一人选了一款,然后加在一起。

"柚柚,你给它起个名字。"路时的嗓音低而温柔。

苏柚歪头认真思索了片刻,然后说了两个英文单词:"Sunny Wisteria!"

路时重复:"Sunny Wisteria?"

苏柚的眼睛清亮透彻,里面映着路时的模样。她笑盈盈地望着他,十分肯定地点头:"嗯!就叫'Sunny Wisteria'!"

路时笑了一下,话语纵容而宠溺:"好,听你的,那就叫'Sunny Wisteria'。"

Sunny Wisteria,向阳紫藤。

05 一张电影票

PPT 上是一张合照。

照片里,苏柚和路时坐在电影院最后一排的情侣卡座中。她被他搂在怀里,对着镜头笑得很开心。

而路时没有看向镜头,目光落在笑意盈盈的苏柚的脸上。

  研一下学期开学后没多久,电影院上了一部比较文艺的爱情片。

  柚柚很感兴趣,所以我们就找了个周五去电影院看了这场电影。

  看电影的时候,柚柚在我的掌心写了字。

  她问我,知不知道她写的是什么。

  我说不知道。

  其实我知道。

  她写的是,路时。

2022 年 3 月,一个很普通的工作日。

中午，苏柚和路时去律所附近的一家面馆吃饭，苏柚问他："路时，这周五要不要去电影院看场电影？"

路时点头，问她："想看哪场？我来买票。"

说话间，他已经从桌上拿起手机，打开了买电影票的软件。

苏柚笑眼弯弯地告诉他："《花束般的恋爱》。"

"听说是个很真实的电影，是现实中很多情侣相处状态的缩影。"

"所以我还蛮想去看看的。"

"好，那我们就去看。"路时说完顿了顿，才问，"看晚上八点多的场次？十点多能看完。"

苏柚欣然应允："好，要是看完后饿了，还能在回去之前吃个夜宵。"

路时好笑地说："你真的从小到大都是个小吃货。"

苏柚轻声说："能吃是福。"

"是，是，"路时把自己碗里的牛肉夹起来送到她的嘴边，无奈的话语中尽显宠溺，"你就是最有福气的人。"

苏柚很自然地张开嘴巴，接受路时的投喂。

他们已经相处了二十多年，恋爱也谈了好几年，只要对方一个眼神或者一个动作，自然就能懂对方的想法。

第五章 他的新娘

周五当晚,两个人很幸运地不用加班。

苏柚和路时顺利按时下了班,一起坐地铁去了电影院。

在看电影之前,苏柚和路时先在电影院附近找了家餐厅解决晚餐。等他们吃完饭,正好赶上这场电影检票进场。

不知道是因为这部电影的口碑太好,还是因为这天恰好是周五,大家都出来过周末了,影厅里的人还蛮多的。除了边边角角视野很差的座位,基本上坐满了人。

路时买的最后一排的情侣座,苏柚和他一起落座后,掏出手机打开了相机,举着手机要拍照。

本来她是想自拍,但路时很自觉地凑了过来,同时还把她搂进了怀里。

苏柚顺势倚靠在他胸前,脸上漾开了笑。

路时微偏过头,垂眸注视着苏柚。

苏柚拍下一张照片,笑着提醒他:"别只看我呀,看镜头嘛。"

路时没有听苏柚的话,而是在她的侧脸上亲了一口。

苏柚顿时轻笑出声,小声说:"你干吗?"

路时又将她拥紧了一些,和她侧脸相贴,回道:"不干吗啊,就亲亲你。"

不多时,电影开场。

苏柚把她的手机丢给路时,他顺手把手机放进了兜里。

两个人的手交握在一起,开始认真地看电影。

电影里的男女主起初不管做什么都很同步,像极了灵魂伴侣。他们很快陷入热恋,和对方一起做各种事,不管做什么都很开心惬意,生活充满了激情。

但渐渐地,两个人的步调不再一致。男主为了赚钱谋生向生活妥协,而女主还停留在原地。他们追求的东西不再相同,慢慢地没了共同话题,即使还住在一间屋子里,也只是各自做各自的事情。

苏柚看到曾经相爱的两个人变成这个样子,心里不免酸涩。她分了一会儿神,下意识抓着路时的手,在他的掌心写字。

她写了两个字,然后扭过头看向路时,小声地问他:"你知道我写了什么吗?"

路时微微摇头,压低声音问道:"写了什么?"

苏柚却淘气地笑着说:"不告诉你。"

她回过头,继续看电影。

看完电影后,苏柚有些怅然若失。路时带她去买了杯奶茶,她瞬间又活了过来。

往地铁站走的时候,苏柚问他:"路时,你觉得他们可

第五章 他的新娘

惜吗?"

路时理智地回:"不可惜。"

苏柚说:"我也觉得,一点儿都不可惜。"

"啊,这杯奶茶好好喝!"她挽着他的手,开心地蹦跳了两步。

现在苏柚也只有在路时面前才会无所顾忌得像个小姑娘。只要有他在,她就可以永远无忧无虑。有他在,她出门不用看导航,旅游不用做攻略,不管去哪里,都不必担心自己丢三落四弄出的问题。

"哎!"苏柚突然停了下来,一脸惊慌地问路时,"我的手机呢?我的手机没了!"

她拍了拍空空的衣兜,正要翻包,路时从自己的衣兜里掏出了她的手机。

他无奈地叹气:"你是不是忘了,是你把手机丢给我的?"

"啊?"苏柚目光茫然,随即就不好意思地笑了起来,"我真的没印象了。"

路时笑她:"回家给你吃点儿核桃补补。"

"路时!"苏柚一掌拍在他的后背上,"你是不是找打?敢拐弯抹角地说我笨!"

路时愉悦地笑出声,抓住她的手握在掌心里,而后将手指

201

滑入她的指缝，与她十指相扣，手牵手慢悠悠地沿着路往前走去。

06 一枚钻戒

PPT 上是一段视频。

视频里，路时在父母的见证下，在他和苏柚长大的这个家里，向苏柚单膝下跪求婚。

他的声音微微颤抖着，语气无比认真郑重："柚柚，我们相知相伴了二十四年多，到今天为止，我们已经陪着彼此在这个世界上走过了 8956 天。

"与你有关的每一个日子，对我来说都与众不同。我想和你继续创造更多属于我们的纪念日，嫁给我好吗？"

在他说话时，苏柚就已经掉下了眼泪。她泪眼蒙眬地垂眸凝望着他，不断地点头，再点头，带着哭腔的声音里含着幸福的笑意："好。"

她说："阿时哥哥，我嫁给你。"

第五章 他的新娘

> 硕士毕业后，我和柚柚在那年 8 月报了个旅拍团，去大西北旅游了。
>
> 旅游结束回到家的那天，刚好是七夕。
>
> 我在爸妈的见证下，向柚柚求了婚。

2023 年 8 月。

硕士毕业的苏柚和路时已经确定了，下个月会到沈城的合一律师事务所上班。而在正式成为上班族之前，他们决定去大西北玩一趟。

刚好有个旅拍团看起来不错，路时咨询查证后，确定靠谱，就给自己和苏柚报了团。

接下来，为期一周的大西北环线游，苏柚彻底玩爽了。

路时知道她很爱拍照，来之前他就做好了各种攻略，帮她整理好和风景相配的衣服以及配饰，还一手包揽了其他的必需品。

这些年，苏柚和路时去过很多地方旅游，每一次都是路时收拾行李，她连证件、机票都不用费神去管。她只需要带好她自己，乖乖跟着路时走就行。

旅游团分了三辆车，苏柚和路时在的这辆车，除了他们，还有一个独自来旅游的姐姐，外加一个开车的司机。

旅游途中，苏柚和同车的姐姐成了朋友。对方叫许愿，是位高中老师，教化学的。

有缘的是，许愿现在任教的学校正好是路时和苏柚的高中学校。

旅途第一天，赶了一天的路。当晚，苏柚一边敷面膜护肤，一边跟路时闲聊，说："路时，你有没有觉得，叶哥一点儿都不像司机啊？"

苏柚嘴里的"叶哥"是他们这辆车的司机，对方的全名叫叶简。

路时也这么觉得。

"是有点儿，"路时倒是没多想，回苏柚，"当司机可能只是他的副业吧。看他给人的感觉，像是有另外一份工作，还是很体面的那种工作。这么说，他像是那种事业成功的行业大佬。"

苏柚敷好面膜，十分惬意地躺到路时身边，舒舒服服地叹了一口气："真好奇啊，他到底是干吗的？而且你有没有发现，他跟许愿姐好像有点儿什么……"

路时伸手搂过苏柚，笑她："好奇害死猫，不要多打听别人的事。"

"我知道，我就是跟你说说嘛。"苏柚乖乖地被他抱着，在他怀里玩手机，看这天她拍的风景照，时不时还要给他看两眼。

后来路时和苏柚才知道，叶简其实是搞科研的。他这次来

第五章 他的新娘

旅拍团当司机，只是在帮发小——也就是旅拍团的负责人的忙。

旅行中的每一天，苏柚都会打扮得很漂亮，一天换一个风格。她的衣服跟着景点的风格变化，有汉服，有西部牛仔风，有性感辣妹风，也有甜酷风。

她穿的每一套衣服，都是路时前一天晚上就帮她准备好的。

这次的旅行，苏柚和路时也拍了很多合照和视频。虽然比不上专业的情侣写真精致，但也还不错，至少给他们留下了很多影像回忆。

不过，苏柚最喜欢的一张照片，并不是旅拍团的摄影师给他们拍的，而是路时抓拍的。

照片里，她穿着白裙往前跑，回眸冲着他笑。

而苏柚并不知道，路时这几天除了和她一起旅游，还在背着她准备另一件事。

旅行结束，他们搭乘飞机回到沈城的那天，刚好是七夕。

路时和苏柚下了飞机后，乘坐出租车到家。

上了台阶到屋门前，苏柚掏出钥匙开门。

她刚把门推开，举着相机正在录制视频的苏江就出现在门口："欢迎回家！"

戴畅站在门的另一边，望着女儿的眼睛里满是笑意，笑盈盈地说:"柚柚、阿时,欢迎回家。"

苏柚惊喜之余又觉得有点儿怪怪的:"爸,妈,你们怎么有点儿不对劲儿?"

话音未落,苏柚就看到了客厅满地的气球,桌子上放着一个双层的蛋糕和很大一束红玫瑰。

苏柚愣了一下,停住脚步,看看父亲,又看看母亲,最后将脸转向了站在她身后的路时。

路时伸手拉住苏柚,牵着她的手把她带到桌边。

苏柚这才注意到,桌子上还放着一个戒指盒。

这是路时在旅游之前就准备好的,放在了他卧室的床头柜抽屉里。

路时将戒指盒打开,而后向苏柚单膝下跪。他紧张到喉咙都发紧,只能强行镇定,对她一字一句地说:"柚柚,我们相知相伴了二十四年多,到今天为止,我们已经陪着彼此在这个世界上走过了8956天。

"与你有关的每一个日子,对我来说都与众不同,我想和你继续创造更多属于我们的纪念日,嫁给我好吗?"

苏柚已然泪眼婆娑。她垂着脑袋,眼泪一颗一颗地砸下来。

她吸了吸鼻子,不断地点着头,回他:"好。"

她说:"阿时哥哥,我嫁给你。"

苏柚将自己的左手递给路时。

路时缓慢而小心地将钻戒戴在了苏柚的左手无名指上。

07 一件婚纱

PPT 上是一张照片。

照片中,苏柚穿着一件裙身上绣满了玫瑰的一字肩婚纱。

她微微嘟着嘴巴,一只手放在嘴巴前,像是在抛飞吻。

  今年 2 月份,我和柚柚在我们公历生日那天去民政局领了证。

  从民政局出来后,我带柚柚去了婚纱店,陪着她试婚纱。

  这是她最喜欢的那件玫瑰婚纱。

苏柚和路时的生活过得平稳而顺利,虽然工作后很忙碌,但也很充实。

自求婚后，他们也开始慢慢地筹备婚礼。

路时想在他们交往周年那天办婚礼，苏柚却更倾向于在 5 月 20 日办婚礼。

苏柚问他："你不想早点儿把我娶回家吗？"

路时回："想。"

"那就 5 月 20 日办嘛。"苏柚抬手勾住他的脖子，仰头和路时对视着，很认真地告诉他，"阿时哥哥，我很想早一点儿向大家宣布我们结婚了。我想让全世界都知道，有人会好好地爱路时的。"

路时被苏柚说服了。

他无奈地笑着答应："好，那我们 5 月 20 日办婚礼。"

"还有，还有，我很想早点儿成为你的家人，法律意义上的一家人。"她强调着，然后顺势提议，"所以不如就在情人节那天领结婚证吧！"

路时微微拖着尾音应允："好……"

他亲了亲她的唇瓣，又抬手捏了捏她的脸，语气纵容："都听你的。"

2 月 14 日清早，苏柚一起床就发现外面在下雪。

她和路时梳洗打扮好，和父母吃完早饭就出门了。

第五章 他的新娘

路时特意约了领证的跟拍摄影师,以便将这个特别的日子完整地记录下来。

苏柚这天穿着红色短款毛呢斗篷大衣,大衣的领子是雪白的毛领,下身搭配黑色半身长裙。她的长发披散着,显得蓬松柔顺。

路时这天穿着黑色的长款毛呢大衣。他特别适合这样的长款大衣,显得肩宽腰窄腿长。

领证的流程很快就走完了。从民政局出来后,苏柚想在门口拍一张照片,便和路时摆好姿势,让跟拍摄影师给他们拍了几张。

拍完后,苏柚看了看,在看到她和路时都对着镜头幸福地笑着的这张照片时,苏柚开心地说:"我喜欢这张,路时,你笑得好开心。"

他很少这样开怀大笑,所以这张照片对苏柚来说显得尤为珍贵。

之后,路时带苏柚去了一家婚纱店。

苏柚在店员的帮助下,试穿了几套她觉得不错的婚纱。每换一件,她就要给路时看看,让他帮忙参谋参谋。

最后,苏柚被一件一字肩玫瑰婚纱的上身效果惊艳了。

店员帮她拉开帘子后,路时一眼就觉得这件婚纱很衬苏柚。

他举起手机要给她拍照,她便配合地开始摆各种姿势。

他手机镜头下的她,活泼生动、古灵精怪,是最漂亮的准新娘。

因为两个人都特别喜欢这件婚纱,路时直接买下来了。

他们当然可以租,经济实惠。可他觉得,他的柚柚此生该有一件独属于她自己的婚纱。

当晚,一家人吃了一顿格外丰盛的饭菜庆祝他们领证。

晚饭过后,苏柚和路时去了隔壁。现在,这栋房子是他们的婚房。

他们上大学的时候,这栋房子就全部重新装修过了,装修设计由苏柚和路时把关,布局是他们喜欢的,新家具也都是他们自己选的。

苏柚和路时都很喜欢这个小家。

睡觉前,路时刚把灯关掉,苏柚就习惯性地滚进了他的怀里,他也无比自然地伸手将她拥住。

苏柚心情很好地问他:"有什么想说的吗,路先生?"

路时沉吟了片刻才开口。

他温柔的嗓音在黑暗中低低地响起:"柚柚,这么多年,我喜欢太阳只是因为,在我眼里你就是太阳。"

第五章 他的新娘

苏柚笑:"我知道。以后我就是你的太阳了,阿时哥哥。"

"嗯。"路时亲了亲她的额头。

而后又听到她小声咕哝:"之前也是。"

路时声音低而愉悦:"此生都是。"

第六章

有时尽

01 一只蝴蝶

翻过苏柚和路时领证照片的那页PPT，路时就点了"从当前开始自动播放"的标志。

PPT上不断地出现着苏柚和路时各个年龄段的照片，有苏柚的单人照，也有苏柚和路时的合照。

路时微微转过身，面向来参加苏柚追思会的大家，继续说："领完证后没多久，我们就约了婚纱摄影团队去拍婚纱照。大家进门时看到的那张婚纱照，是柚柚最喜欢的一张，也是我最喜欢的一张。"

他顿了顿，说："今年4月，清明节那天，因为有工作上的事要紧急处理，早上吃过饭我就出了门。忙完工作时刚好是中午，我给柚柚打电话，她说她很想吃烤肉，于是我们约好在那家烤肉店碰面。

"是我先到的，但我没有先进去，在烤肉店门口等她。她一直给我实时分享行程动态，告诉我她到哪里了。后来她说，她下地铁了，只要再过一个红绿灯就到了。

"而我一抬头，就看到一辆车冲她撞了过去。"

当时，那个路口只有苏柚在过人行道。

人行道上的红绿灯是坏掉的，但苏柚特意看了两侧马路上的红绿灯，此时亮着的是红灯，所以她才抬脚往前小跑。

可她怎么都没想到，会突然有辆车冲过来。

苏柚完全来不及反应，人就被撞飞了。

她的身体因为巨大的冲击力而腾空，旋即又像折翼的蝴蝶，急速地坠落。随着沉重的闷响，血流了一地。

碎掉的手机屏幕上还有一分钟前路时回她的话：好，不着急，我等你。

等浑身发抖的路时赶过去，跪倒在苏柚身边的血泊中时，苏柚已经昏迷了。

眼泪毫无知觉地从路时眼眶里涌出来。他不断张着嘴巴，如同一条脱离了水濒死的鱼，喉咙发紧到失声，根本喊不出话来。

他说
Tashuo

好一会儿,路时支离破碎的声音才响起,却抖得不成样子:"柚柚……柚柚……"

可不管路时怎么喊,苏柚都没有反应。

那天,还没等到救护车赶到现场,苏柚就没了气息。

路时已经不记得这些天自己是怎么过来的了,他的灵魂好像也在那场车祸里被撞得粉碎。

他只记得,他一直在忙着处理苏柚的后事,而他们要等警方有了调查结果才能把苏柚的遗体接回来,所以苏柚的葬礼在12日才举办。

而事实是,路时这些天根本没有睡过一个好觉。

起初那几天他不敢合眼,因为一闭上眼睛,苏柚被车撞飞的场景就会在他面前一遍遍重演。他甚至还能真切地感受到双手上沾满了的黏稠血液——那是苏柚的血。

他的世界被苏柚的血淹没了。

再后来,路时总会从短暂的浅眠中被噩梦惊醒。只不过,梦里不再是苏柚出车祸的场景,而是那辆车不断地朝他撞来。

他每睡一次,就会在梦中被车撞一次。

"2024年4月4日,苏柚从这个世间离开。再次感谢大家来参加柚柚的追思会。"

第六章　有时尽

整场追思会，路时都将那只小狗玩偶拿在手里，他起身，对着大家深鞠了一躬。

与此同时，有一只紫色的蝴蝶从敞开的屋门飞了进来。

路时保持着鞠躬的姿势，并没有看到有蝴蝶出现。

蝴蝶振着翅膀，先环绕着戴畅和苏江飞了一圈，然后朝着路时的方向飞去。

就在路时直起身的这一刻，安静的房间里突然响起了苏柚的声音："现在是 2015 年 2 月 28 日，小'五一'，我要偷偷告诉你一个秘密——"

是路时手中的那只小狗玩偶在响。

因为他刚刚不经意碰到了小狗玩偶的尾巴。

而这只紫色的蝴蝶缓缓落到了路时的唇上，像在亲吻他。

苏柚的嗓音轻轻软软的，还带着一丝少女的羞涩。她很小声地说："我在意阿时哥哥。"

02　一场追思会

路时整个人僵在了原地，周身的一切仿佛都停止不动了。

但路时的眼睛在这一刻倏而变红了。

须臾,蝴蝶从他的唇上离开,却没有离去,而是围绕着他飞了好几圈,然后才慢慢地飞向门外。

路时转过头,这些天来一直空洞的双瞳在这一刻终于有了些神采。

他的目光紧紧追随着那只飞走的紫色蝴蝶,默默想:再等等,柚柚。再等我一下。

等蝴蝶飞出门外,他才恍如隔世般收回视线。

路时闭上眼睛,捏住小狗玩偶的手也缓缓收紧。

勉强平复了一下情绪,路时若无其事地送走了前来参加苏柚追思会的人。

路时和苏柚在合一律师事务所就职,律所老板叫周雾寻。走之前,他特意过来对路时说:"路时,我知道苏柚的离开对你打击很大,也明白你这段时间状态不好,你看这样行不行?我给你放假,等你调整好了再回律所上班,你的辞职报告我就当没看见。"

路时去年硕士毕业进了合一律所,律所给他的综合定级是二年级律师。

周雾寻作为律所合伙人,对进入律所的每一位新人都足够

第六章　有时尽

了解，知道路时是前途不可限量的人才。

路时语气平静地告诉对方："周律，谢谢你，但我已经考虑好了。"

周雾寻沉了一口气，不再勉强路时，抬手拍了拍他的肩膀就离开了。

随后，路时和苏柚高中时的班主任杨其进也走了过来。

路时对杨其进笑了笑："杨老师。"

杨其进低叹，说："苏柚已经走了，但活着的人还得继续生活，路时，得往前看。"

路时又笑，点头。

"许愿姐。"路时来到许愿身旁，一边和她往外走，一边对她说，"还是要谢谢你过来参加这场追思会。"

其实去年旅游结束后，他和苏柚就没再和许愿见过面。但这次苏柚出事，不管是葬礼，还是追思会，许愿都来了。

许愿张了张嘴，想要跟路时说些什么。但她欲言又止了片刻，最终对他说了一句："等你叶哥忙完回来后，我们聚一下吧，路时。"

路时应允："好。"

大家陆陆续续地离开，最后，除了家人就只剩下余悦和夏焰。

余悦的男朋友来接她了,就在路家门口。余悦对夏焰和路时挥了挥手:"我男朋友来了,我就先走了,你们聊。"

"路时。"她还是不放心路时,又回过头来,对路时和夏焰说,"柚柚之前说帮我把关的,现在她不在了,改天我带我男朋友跟你们约饭,你们给我把把关怎么样?"

夏焰明白余悦这番话的用意,率先爽快地答应:"当然可以!"

路时也淡笑着应下:"好。"他顿了顿,又跟余悦说,"你男朋友还在等你,快过去吧,拜拜。"

等余悦离开后,夏焰看了看屋里,主动说:"我帮你收拾收拾吧。"

"不用。"路时拉住他,"晚点儿我自己收拾就行。"

夏焰怕路时陷在情绪里出不来,提议:"想喝酒吗?今晚我陪你喝点儿?"

路时回他:"今晚不行,我要跟我爸妈一起吃饭。"

"那就改天?"夏焰说。

"行。"路时答应下来。

夏焰要走的时候,路时主动抱了他一下。

夏焰愣了一瞬,随即抬手拍了拍路时的后背:"有需要就吱声,我随时在。"

第六章 有时尽

"嗯。"路时松开夏焰,对他挥了挥手。

送走朋友,路时回身看到时沛和路堂还站在院子里。

"阿时……"时沛刚开口,路时就说:"你们愿意的话,今晚留下来一起吃饭吧。"

时沛和路堂都留下来了。五个人一起吃了顿晚饭,但全程沉默,各怀心事。饭桌边,向来最能活跃气氛的苏柚已经不在了。

吃过饭,最先要离开的是路堂。

路时把他送到门口,他在上车之前,又回头看向路时。他好像有话要说,但最终什么都没说。

倒是路时先说话了。他说:"我没怪过你,只是不知道该怎么跟你相处,我们好像一直不是很熟。"

路堂的眼眶瞬间通红。

路时的这句话刺痛了路堂,而只有真话才会刺痛人心。

路堂格外歉疚地说:"是爸爸的错,是我的错。"

第二个离开的是时沛。

时沛在路时升初中那年就再婚了,比路堂再婚的时间还要早两年。

这些年来,她一直偷偷地来看路时,很多戴畅送给路时和苏柚的东西,其实是她托戴畅交给两个孩子的。她怕路时知道是她送的就不要,所以才坚持让戴畅说是戴畅买的。

路时送时沛到门口,陪她站在门口等出租车来。

"阿时。"时沛轻声唤他。

路时低声应:"嗯。"

时沛不知道该怎么安慰他,也清楚,不管她说什么应该都不管用。这毕竟是与她血肉相连的亲儿子,她心里能隐约地感知到他被巨大的痛苦淹没了,现在只是强撑着。可她无法帮他。

时沛说不出话,又舍不得他,就一个劲儿地掉眼泪。

路时看着她的眼泪,告诉她:"我知道你每年都会回来看我,也知道很多东西其实都是你送的。我没有怪过你离开,让你别再来看我,也只是因为,我不想让柚柚再因为你的离开而哭。"路时说到这里,嘴角轻轻上扬,"从小到大,我疼了但不哭的时候,都是柚柚替我哭了。"

时沛的眼泪簌簌往下落。

出租车到了,时沛该上车离开了。

路时帮她打开了车门。

时沛走到车旁,突然紧紧抱住了路时。

"阿时……"她哭着喊他的名字,声音无比悲戚,"阿时啊……"

第六章 有时尽

路时回抱了她一下,然后,他将时沛扶上车,替她关好了车门。

出租车驶离,路时转身回到了家里。

他照常和戴畅还有苏江相处,唯一不同的是,这晚他在回隔壁之前,俯身抱了抱戴畅,又抱了抱苏江,说:"爸,妈,你们要好好吃饭,好好睡觉。"

03 一个太阳

路时回到家,进了浴室洗澡。

洗完澡,将头发吹干打理好,他开始换衣服。

路时穿上了本该在婚礼当天才会穿的那套西装礼服——也是他和苏柚最喜欢的那张婚纱照里,他穿的那套衣服。

路时在另一个房间里捧着一个箱子回到卧室,从箱子里取出了一件婚纱,是他给苏柚买的那件玫瑰婚纱。

他把婚纱放在苏柚平常睡觉的那一侧,小心翼翼地在床上铺好。那只小狗玩偶趴在他的枕头上。

他说 Tashuo

路时坐在床边,轻轻地触摸着这件婚纱。

他的太阳陨落了,他陷入了永久的黑暗。

他需要逃离这种无边无际的黑暗,逃离这里,去找他的太阳。

路时不断地触碰小狗玩偶的尾巴,于是苏柚的话语一遍又一遍地在安静的房间里响起:"现在是2015年2月28日,小'五一',我要偷偷告诉你一个秘密——我在意阿时哥哥。"

"我也喜欢你,柚柚。"路时缓缓地低声回她。

"现在是2015年2月28日,小'五一',我要偷偷告诉你一个秘密——我在意阿时哥哥。"

"阿时也喜欢柚柚,很喜欢很喜欢。"

"现在是2015年2月28日,小'五一',我要偷偷告诉你一个秘密——我在意阿时哥哥。"

"柚柚,这些天你一个人在那里会害怕吗?"他知道苏柚最怕孤独,担心她孤零零地过去,会害怕。

"现在是2015年2月28日,小'五一',我要偷偷告诉你一个秘密——我在意阿时哥哥。"

"柚柚……"

第六章 有时尽

路时陷入了昏沉的梦中。梦里,他好像看到了苏柚。她穿上了玫瑰婚纱,就站在他们婚礼殿堂的舞台上,手里拿着一束红玫瑰,冲他灿然地笑着。

路时走上红毯,慢慢地朝她走去。他来到她面前,停下脚步,凝视着她的眼睛里泛起泪光。

随即,路时伸手将苏柚拉进了怀中。他紧紧地抱着她,眼泪止不住地落下来。

"找到你了。"

番外一

如果你仍在

01 我不能没有你

2024年4月4日，中午。

算算时间，路时去律所处理事情，这会儿应该有空接电话了，苏柚便给他打了通电话。

路时刚忙完，正要给苏柚打电话问她午饭想吃什么，她的电话就先一步打过来了。

"喂。"路时的话语里含着笑，嗓音低而温柔地唤她，"柚柚。"

苏柚关切地问他："路时，你忙完了吗？"

他低声笑着说："刚忙完，正要给你打电话，你就先打过来了。"他温声问，"午饭想吃什么？"

"我想吃烤肉!"苏柚语气雀跃,"就是朝安路上那家烤肉!"

"好。"路时一边收拾着桌上的各种材料,一边歪头将手机夹在耳朵和肩膀之间,嘴角上扬地回她,"那你在家等我,我回去接你,然后再一起过去。"

苏柚觉得麻烦,说:"我直接坐地铁过去吧,我们在烤肉店碰面就好,不然你还要多跑一趟回来接我,怪累的,还费时间。我坐地铁过去,我们能早点儿见面早点儿吃上烤肉。"

路时不答应,笑她:"又不差这点儿时间。"

"差的!"苏柚冲他撒娇,"我好饿的,阿时哥哥。"

他无奈地叹气:"小吃货。"

"还说能早点儿见到我,"路时拆穿她,"我看你分明就是拿我当幌子,只是想早点儿吃上烤肉罢了。"

苏柚"嘿嘿"笑了两声,为自己辩解:"这两者根本不冲突!我想早点儿见到你,也想早点儿吃上烤肉。"

"好啦,阿时哥哥。"苏柚像小时候那样叫他"阿时哥哥",不给他再拒绝的机会,直接告诉他,"我已经换好衣服出门啦,我们烤肉店见!"

"行吧。"路时拿她没办法,只能答应。随即他又嘱咐苏柚,"注意安全,走路别低头玩手机,要看路。"

"知道啦!"她有些哭笑不得,"我又不是小孩子了。"

路时也笑了一下:"那一会儿见。"

"嗯,一会儿见。"苏柚话语轻快地回。

苏柚其实根本就没出门,挂了电话,她才开始换衣服化妆。

路时也清楚,苏柚说出门了是在骗他。

从小跟她一起长大,路时熟知苏柚的各种习惯。他知道她不会这么快就出门,光换衣服和化妆就够她再耗费大半个小时。

路时把手头的资料都整理归置好,才驱车离开律所。他到烤肉店的时候苏柚还没到,他将车停好,拿起手机就看到苏柚隔几分钟发来一条行程动态。

苏柚先说:我到四水街啦!

苏柚又说:已经到滨口大街了!还有五站!

…………

路时不自觉地扬起嘴角,回她:我已经到了,柚柚,我先去排个号,在门口等你。

苏柚回他:好!我也快了!

路时走到店门口,从接待的服务生那里拿了个二人桌的号,然后站在店门口,面朝地铁口的方向等着苏柚。

过了一会儿,苏柚又给路时发了消息过来:我下地铁了,正在往外走。

路时提醒她:从B口出来,过个红绿灯就到。

苏柚回：*哼哼，我知道的！*

然后她又乖乖地告诉他：*我的手机导航也是这样说的。*

路时忍不住笑了。路痴柚柚。

很快，她的新消息传进他的微信里：*出来了！我就在马路对面！*

收到这条微信的同时，路时已经看到了她。他嘴角轻勾，打字回她：*看到你了。*

下一秒，苏柚抬眸望过来，脸上瞬间漾起开心的笑，奋力举高右手冲路时挥了挥。路时也抬手朝她挥了一下手。

绿灯亮起后，苏柚第一个抬起脚，小跑着穿过斑马线，一直跑到朝自己走来的路时面前，在停下脚步的同一时刻落入了他的怀中。

路时稳稳地抱住撞进他怀里的女孩子，失笑道："跑这么急做什么？"

苏柚没说话，仰起头，眉眼弯弯地望着路时。而后她轻轻踮脚，将一记轻吻印在了他的唇上。

简简单单的一个亲吻，一触即离。

路时垂眸笑望着她，正想礼尚往来地回吻她一下，烤肉店门口传来服务生的叫号声："B025号在吗？B025号！"

路时扭头应："在的！"

这个吻被迫中止,路时牵起苏柚的手,拉着她跟随服务生进了烤肉店。

往桌位走的时候,苏柚一直在笑,路时不知道她在笑什么。

他们坐下来,准备点餐时,苏柚才开口说:"我们的号是025号啊?"

路时"嗯"了一声,问:"怎么了?"

她扬起语调,浅笑着告诉他:"这号码反过来就是520呀,是我们要办婚礼的日子。"

路时重新拿起印着"B025"的那张小票,若有所思地说:"还是我们的年龄。"

苏柚这才意识到这一点,更加欣喜,伸手问路时要这张小票:"路时,把票给我看看。"

路时将小票递给她,她看到这张纸上写着的号码是"B025",是等候的第8桌。她莞尔道:"这个排队的小票我想留着,好有纪念意义。"

正在看菜单的路时笑着应:"那就留着。"

随即,他跟她说:"五花肉、培根、烤虾、秘制猪排我都点了,还有……"

"菠萝呢?"苏柚抬眼看向路时,"我想吃烤菠萝。"

"点啦。"他无奈又好笑,说,"我还能忘了给你点菠萝?"

她每回吃烤肉,必定会点烤菠萝。

"还点了菌菇拼盘和朝鲜冷面,饮品要了冰镇杨梅汁。"路时询问苏柚,"先这样,不够再加?"

"好。"苏柚点头应下。

苏柚跟路时说:"对了,我们各请一个伴娘、伴郎对吧?"

路时点了点头:"嗯。你问余悦了吗?"

他知道苏柚想邀请余悦来当她的伴娘。不过余悦现在还在国外,可能不是很方便。

果然,不出路时所料,苏柚摇了摇头,说:"悦悦回不来,但她五一有假期可以回来一趟,她说到时候跟我见面。"

"那伴娘呢?请夏莚过来?"路时询问。

夏莚是苏柚的大学室友,本科同寝时,夏莚跟苏柚关系最要好。

苏柚笑着答:"对啊。"

"她从首都过来?"路时又问。

"不是,夏夏从梧城过来。"苏柚说,"她毕业后在首都工作了一段时间,不过后来还是回家乡了。"

路时了然地点了点头,把烤好的菠萝放到苏柚的盘子里,温声嘱咐:"跟她确定好过来的时间,我们提前帮她订好酒店。"

"知道啦。"苏柚夹起菠萝咬了一小口,然后又想起什么,

他说

抬头提醒路时，"还有给伴娘、伴郎的伴手礼，近期也得赶紧准备了。我想多准备一份给悦悦，正好五一假期她回国，跟她见面的时候就把伴手礼给她吧。"

她打开手机相册，翻出她之前做伴手礼攻略时保存的图片，然后将手机举给路时看："我想给她们准备这个牌子的香水，有好多好闻的味道，我们可以去实体店试一下，再决定买哪种味道的。不过，我已经初步定了要送给夏夏'梧桐叶落'这款，给悦悦买'向阳花开'那款，这家还有男士香水，我觉得那款'焰火如雨'还挺适合的……"

他们的高中好友夏焰，高中毕业后直接出国留学了。两年前，夏焰才回国发展。

虽然大家的工作都挺忙，但路时和夏焰一直保持着联系。

这次，路时要邀请朋友当伴郎时，第一个就想到了夏焰。夏焰接到路时的邀请后，也欣然答应了。

"好……"路时微微拖着尾音应答她，将烤好的五花肉放到生菜叶中卷好递给苏柚，无奈地说，"先好好吃饭，吃完我再陪你慢慢看、慢慢选。"

在烤肉店吃饱喝足后，他们去了苏柚想去的那家香水品牌实体店。

苏柚试了好几种味道的香水，最终和路时一起选好要哪几种。

路时付完钱，牵着苏柚从香水店出来，还没走几步，就又被苏柚拉着进了一家香薰蜡烛店。

苏柚精挑细选了好一会儿，才买好香薰。

付钱的时候，路时发现她多拿了一个，也没开口问。她喜欢，他就给她买。

结果路时不问，苏柚倒是忍不住主动提起。

"你没发现我多买了一个香薰吗？"她好奇地问。

路时轻笑，回她："发现了啊。"

苏柚不解地说："那你怎么不问我啊？"

不等路时说话，她就催促他："你问我，问我为什么多买了一个香薰。"

路时觉得她好幼稚，却心甘情愿地陪她玩这种可可爱爱的小把戏。他十分配合地问："柚柚，你为什么多买了一款香薰？"

苏柚一本正经地回答他："这是给我们自己买的。我们婚礼那晚，要是点上这个香薰蜡烛，肯定很有氛围和仪式感。"

苏柚挽着路时的胳膊，歪头凑近他，声音压低了一些，音量只够他刚好听清。

路时眉梢微挑："什么味道的？"

"我也没细看，但它的名字叫'紫藤花园'，应该和之前我们自己制作的那款有紫藤香气的香水差不多？"

路时点了点头，忽而说了一句："不如今晚先试试？好闻的话我们再来买。"

苏柚浅笑着应允："好啊。"

买完香薰，苏柚和路时没有回家，又给朋友们挑了眼罩和头戴式降噪耳机。两个人在商场不紧不慢地逛逛买买，等回到家时已经快傍晚了。

路时和苏柚将东西放到客厅，就去了父母那边。苏江正在跟戴畅商量，晚饭要不吃火锅算了。

正巧苏柚和路时走进来，戴畅便跟苏江说："我吃什么都行，你问问两个孩子想不想吃火锅。"

苏柚一听到火锅就来了精神，立刻扬声赞同道："火锅我可以！"

路时随后也应："吃火锅吧。涮火锅的蔬菜和肉卷是不是都还没买？我去买。"

"我跟你一起！"苏柚回头对路时笑。

"家里还有上次没吃完的鱼丸和蟹棒，这些就别买了。"戴畅嘱咐他们，"就买盒牛肉卷和羊肉卷，再买点儿涮锅常吃的菜就行啦。"

"好,我知道了,妈。"路时应下。

晚上吃火锅的时候,一家四口闲聊,不知怎的,就聊到了结婚后什么时候要孩子的话题上。

路时根本没犹豫就说:"不着急,再等几年也不晚。"

苏柚倒是觉得,这两年把生孩子这件大事搞定也不错。这样她以后就能更专注事业,也不会再因为中途要生孩子耽误工作。

"其实这两年把孩子生了也行吧?"苏柚说这话的时候扭头望向路时。

路时听出了她的意思,问:"你想尽快要?"

"早点儿生完就不耽误我搞事业了啊!"苏柚有理有据地说,"给爸妈生个孩子玩玩,也省得他们天天对坐着看对方,怪无聊的。"

"你这孩子!"戴畅嗔笑,"我什么时候跟你爸爸天天对坐着看对方了?你爸现在还在公司当他的苏总呢,离退休还有好几年呢。"

"不过——"戴畅话锋一转,"我也觉得柚柚说得有道理。孩子生下来,熬过头几个月,柚柚就能回去上班了。家里有我呢，我给你们带孩子。到时候再请个月嫂一起照顾孩子，根本用不着你们费心。"

路时松了口，说："这事我听柚柚的。"

苏柚不假思索地说："那还是早点儿生吧！"而后她又若有所思地认真说，"如果这样打算的话，结了婚就可以开始想宝宝的名字了欸！"

苏柚的话音刚落，路时就吐出一个名字："苏想。"

"啊？"苏柚愣愣地瞅着他。

不仅是苏柚，就连苏江和戴畅也都怔住了。

苏柚呆呆地问路时："哪个 xiǎng？"

路时说："想你的想。"

"姓苏啊？"她又问。

路时笑着说："啊，当然要姓苏。"

"苏想……"苏柚不太确定地问他，"这是女孩儿的名字吧？听起来好像更像女宝宝的名字。"

"嗯。"路时应了一声，又低声问苏柚，"如果是女儿的话，就叫苏想怎么样？"

苏柚眉眼弯弯地说："当然好啊！"

"可是，万一是男孩子呢？"她蹙起眉，纠结地问他。

路时掩饰般轻咳一声，如实答："我还没来得及想。"

苏柚忍着笑揶揄他:"你是没来得及想,还是根本就没想啊?"她歪身凑近他,小声笑着逗他,"阿时哥哥,没看出来啊,你竟然是个隐藏的'女儿奴'。"

路时坦荡地轻挑眉梢,对此不置可否。

他就是更喜欢女孩儿,想拥有一个像苏柚一样活泼开朗、可爱又阳光的女儿。

他们的女儿要叫"苏想",是苏柚的苏,是路时想苏柚的想。

吃过晚饭,苏柚和路时跟父母搓了一会儿麻将。

路时几乎每把都会不动声色地给苏柚喂牌,苏江和戴畅都看得出来,但并不拆穿。

一家四口其乐融融地娱乐了两个多小时,之后苏江和戴畅困了要休息,路时就牵着苏柚回了隔壁屋子。

进屋后,苏柚换上拖鞋,躺在客厅的沙发上。她懒洋洋地抱着抱枕,躺在沙发上休息,路时则径直进了浴室,开始往浴缸里放热水。

他又折身回到客厅,从装着香薰的礼品袋里拿出那款"紫藤花园",进了卧室。

路时把香薰点好,转身从衣橱里拿出他们的睡衣,又一次进了浴室。

他把睡衣放到放置衣物的架子上，旋即来到浴缸旁，用手试了试水温。

等把浴缸的水蓄好，路时才去客厅叫苏柚来泡澡。

他从卫生间出来的时候，苏柚已经没在沙发上躺着了。她盘腿坐在地毯上，对着这天下午买的一堆东西，认真地给每个伴手礼盒中放礼物。

路时走过来，停在她身侧，温声说："柚柚，先去泡个澡，洗完澡再给大家慢慢装伴手礼。"

"好。"苏柚听话地应声，随即就将手中的东西放下，转过身仰头看向路时，浅笑着朝他张开双臂。

路时无奈失笑，弯下腰来凑近她。他搂住她后背的同时，她钩住他的脖颈，熟练地借力将双腿攀到了他的腰间。

路时把苏柚往上掂了掂，将她抱得更稳，抱着她进了浴室。

两个人紧紧依偎在空间狭小的浴缸里泡澡。

路时给她打沐浴露的时候，她突然想起一件事，连忙提醒道："哦，对了，伴手礼盒里还要放喜糖，你记得提醒我啊，我怕我转头就忘了。"

"嗯，知道了。"路时好笑地说，"洗完澡我就跟你一起把伴手礼都准备好，不然我看你今晚是不会老老实实睡觉的。"

苏柚轻哼一声，倒也没反驳。因为路时说得一点儿都没错。

番外一　如果你仍在

他是这个世界上最了解她的人，比她自己还要了解她。

苏柚其实不太敢想，如果没有路时的话，她的生活会变成什么样。一定会一团糟吧。

"阿时哥哥，"她往后靠，稳稳地倚进他的胸膛，微仰起头望向他，语气格外郑重地告诉他，"我不能没有你。"

路时有点儿诧异她突然会说这种话，不解地问："怎么突然说这个？"

苏柚的眼睛灵动地转了转，她说："也没什么，就是突然意识到了，所以想告诉你。"

路时微微叹气，从身后将她拥紧，贴在她的耳边温柔地低喃："是我不能没有你，柚柚。"

这些年，路时意识到过很多次这个事实。

苏柚是小太阳，她到哪里都会带去温暖和光明。她那么活泼开朗，又那么热情善良，大家都喜欢她，想跟她做朋友。

就算没有路时的存在，苏柚也一定会拥有很多很多的喜欢和爱，会被快乐包围，开心幸福地生活、长大。

但是没有苏柚，路时就没有了存在的意义。

对路时来说，这个世界唯一让他留恋的就是苏柚。

洗完澡后，路时给苏柚穿好睡裙，抱她回到卧室。

香薰的淡淡香味萦绕在卧室的空气中，苏柚惊喜地问："你已经提前点上香薰啦？"

路时嘴角轻扬，说："嗯，味道还不错。"

苏柚使劲儿嗅了几下，也觉得这个香味很好闻。路时把她放到床上，她勾着他的脖子不松手，歪头笑着说："那我们过几天再去买新的回来，还可以选其他味道的试试。"

"好。"路时倾身凑过来，专注地在她的唇瓣上落下一个吻，短暂地退开后，重新吻了过来。

苏柚微微仰着脸，迎合着他温柔的亲吻。

不知道是香薰的气味迷了她的神志，还是他身上好闻的沐浴露味道叫她着迷，她喃喃地轻唤着他："阿时哥哥……"

路时嗓音低哑地应："我在。"

他的上衣不知何时被丢在了一旁，她身上的睡裙也变得褶皱凌乱。

良久，路时抱起苏柚重新进了浴室。

他们冲完澡，换上另外一套情侣睡衣出来，苏柚拉着路时去客厅，准备继续整理要送给朋友们的伴手礼。

路时拿着喜糖过来，看着苏柚往漂亮的喜糖盒里装喜糖，忽而没头没尾地告诉她："柚柚，我想好了。"

苏柚抬眸看向他，表情迷茫，很蒙地问："什么想好了？"

路时望着她:"如果我们的孩子是男孩儿,他该叫什么,我想好了。"

苏柚的眼睛瞬间亮起来,她很感兴趣地问:"叫什么?"

02 你是我存在的意义

五一假期的时候,苏柚和路时见到了从国外回来的余悦。一同见到的,还有余悦的男朋友。

苏柚和余悦约在沈城本地的一家私房菜馆见。

两个女孩子在包间一见到面,就激动地给了对方一个大大的熊抱。

虽然这些年的联系并不频繁,也几乎没怎么见面,但好朋友之间似乎就是有这种奇妙的默契——不管多久没见,再次见面依然亲密自然,不会有任何的尴尬和陌生感。

余悦向苏柚和路时简单地介绍了一下自己的男朋友:"这是我男朋友,裴陆澈。"

然后她又扭头告诉裴陆澈:"这两位你知道的,我跟你提过好多次，苏柚和路时。"

裴陆澈淡笑着和他们打招呼："你们好。"

路时也回了一句"你好"，苏柚则热情大方地笑着说："你好，你好。"

苏柚把手上的袋子递给余悦。那是伴手礼。

余悦也给了苏柚一个礼品袋，还笑着说："这是我和阿澈送给你们的新婚礼物，祝你们新婚快乐、永结同心。"

苏柚从余悦手中接过礼品袋，不由得讶异了一瞬："这里面是什么啊？好重的礼物。"

余悦不告诉她，卖关子笑着说："反正是你喜欢的。"

路时听到苏柚说礼物重，自然地从她的手中拿走了礼品袋。

"坐吧，坐下慢慢聊。"路时把礼品袋放到旁边的空椅子上，温声招呼裴陆澈和余悦。

落座后，余悦偏头跟苏柚说悄悄话："你早就说要给我把关的，今天好好把关。"

他们几个上大学后，苏柚在得知余悦谈了恋爱后，提到了这话。

苏柚笑着打趣："第一印象，人长得挺帅的。"

路时就坐在苏柚的另一侧，尽管苏柚的声音是压低了的，但他依然能够听清。听到苏柚夸裴陆澈帅，他抬手在她的脑门上轻敲了一下，似笑非笑地说："点菜。"

他把菜单给了苏柚和余悦，让两个女孩子先点她们想吃的。

苏柚和余悦挨在一起看菜单，路时起身帮大家倒好水，然后跟裴陆澈闲聊起来。他们从学业、工作聊到家乡，又说起饮食喜好，什么都能扯几句。

吃饭时，苏柚发现裴陆澈一直很照顾余悦，会帮余悦剥虾、夹菜、剔鱼刺，还会细心地给他们每个人的杯子添水。

"好可惜，我过两天就得走了，不能到你们的婚礼现场了。"余悦很遗憾地叹了一口气，忽而又想到了什么，很期待地问，"肯定会有录像的吧？"

"有的。"苏柚浅笑说，"到时候我发给你。"

"好啊！"余悦莞尔。

吃完饭，苏柚依依不舍地跟余悦分开。在回家的路上，她忍不住拆开了余悦送给她和路时的新婚礼物。

礼品袋里面是个礼物盒子，盒子里放着一个黑胶唱片蓝牙音箱，还有好几款本间芽衣子的手办（收藏性人物模型）。

高中的时候，余悦曾经去国外旅行。那次路时找她帮忙，托她背回来了全套漫画书。

而这次，余悦送给苏柚的礼物，是那套漫画中苏柚最喜欢的角色的手办。

苏柚一看到手办就兴奋地叫出了声："路时快看！悦悦送了我手办！"

正在开车的路时瞟了一眼，低声笑着应："嗯，看到了。"

"悦悦竟然还记得我最喜欢谁！"苏柚又感动又开心，拿起手办细细打量，忍不住感叹，"好可爱啊！"

苏柚立刻拿起手机对着这一大盒子新婚礼物拍了张照片，然后给余悦发了过去。

苏柚：我好喜欢！！！

苏柚：呜呜呜，悦悦我爱你！都这么久了你还记得我最爱她！

余悦很快回了她的消息：那必须记得啊！

而后余悦又给苏柚发来一条：而且礼物嘛，当然是你喜欢最重要！新婚快乐，柚柚！你一定会和路时幸福美满，恩爱到白头！

苏柚轻翘着嘴角回她：据我今天观察，你男朋友很不错！

余悦打趣说：你这关他算是过了？

苏柚回：过了，过了！

余悦又一次嘱咐苏柚：到时候别忘了发给我结婚现场的视频啊！

苏柚笑着回：好，不会忘的。

婚礼场地的事宜从头到尾都是路时在跟婚礼策划方对接，苏柚这段时间空闲下来就给朋友们准备伴手礼盒，和路时一起写婚礼邀请函，或者和路时合奏同一首曲子。

婚礼当天要穿的婚纱和敬酒服等都已经提前准备好了。

在婚礼前一天，苏柚被路时带去婚礼场地彩排时，她才知道她的婚礼现场是什么样子的。

如梦似幻的紫色婚礼场地，一串串像极了紫葡萄的紫藤花从上方垂落下来，白色的蝴蝶萦绕其中。长长的白色地毯两旁铺满了蓝紫色系的花，白色地毯的尽头是水晶珠帘吊顶的主舞台，主舞台后侧是一对翅膀连接在一起的紫色蝴蝶，旁边放着一架钢琴和一把小提琴。

苏柚在看到钢琴和小提琴的那一刻恍然大悟："我就说嘛，你这段时间总拉着我练习《梦中的婚礼》。"她突然凑近他，俏皮地歪头问，"是不是想和我在婚礼现场合奏这首曲子？"

路时坦然承认，笑着应："是。"

"为什么选择这首曲子啊？"苏柚好奇地问路时。

路时没有立刻回答她，只是问："柚柚，你知道我们婚礼的主题叫什么吗？"

"叫什么?"

路时说:"紫蝶入梦。"

"名字好契合这个婚礼现场,听起来就很梦幻。"苏柚突然反应了过来,"哦,我明白了,你是觉得这首曲子和我们婚礼的主题也很契合吧?"

路时点了点头:"嗯。"

"我好喜欢。"苏柚伸手抱住路时的腰,仰起头来凝视着他,莞尔浅笑,话语欢欣,"阿时哥哥,谢谢你为我们准备了这样好的婚礼场地。"

她踮起脚,在他的唇边轻轻印上一吻,又小声说:"辛苦啦。"

路时拥着她,眉眼间满是笑意,温柔地低喃:"一点儿都不辛苦。想到这是在为我们的婚礼做准备,我就只觉得快乐。"

苏柚的脸颊微微泛着红,表情罕见地略带娇羞,嘴角的笑意压都压不住,轻声告诉他:"阿时哥哥,其实……我背着你偷偷干了一件事。"

"嗯?"路时愣了一下,很快就反应了过来,不太确定地说,"柚柚,你……"

苏柚没让他把话说完,如实交代了这几天瞒着他的事情:"我自己去医院做了检查,医生说我……说我怀孕一个多月了。"

她望着神色惊喜的他,眉眼弯弯地浅笑道:"我们要当爸爸妈妈啦!"

路时没说话,只是将苏柚抱紧,牢牢地圈在怀里。须臾,他克制着激动的声音才低低地在她的耳畔响起:"以后不准再一个人去,我要陪你。"

她幸福地笑着,乖乖答应他:"好嘛,我知道啦。"

隔天,5月20日中午。在一众亲朋好友的见证下,苏柚和路时举办了他们的婚礼。

已经离婚又各自结婚的路堂和时沛也前来参加儿子的婚礼。

红毯路上,苏柚挽着苏江的手臂走向路时。走到红毯尽头,苏江眼睛湿润,郑重又不舍地将女儿的手缓缓交给路时。

路时紧紧牵住苏柚的手。

等他们来到主舞台后,司仪按照彩排流程主持着一个个项目,请双方父母上台,新人改口叫"爸妈"、收长辈的红包,然后是新郎新娘交换信物和喝交杯酒环节。不过,因为苏柚已经怀孕,她的酒杯里盛的是温水。

到了扔捧花的环节,苏柚没有扔花,而是直接将捧花送给了这天来做伴娘的夏莚。

"夏夏!"苏柚脸上漾着笑,对夏莚说,"我希望你可以早日等到属于你的那个他。"

夏莛嘴角上扬,莞尔道:"谢谢柚柚!我想,这束充满幸福美满的捧花一定会带给我强大的正缘和喜气!"

轮到新郎新娘发言的环节,路时和苏柚并没有很煽情地说一堆话。

苏柚只是感谢了路时,说:"阿时哥哥,谢谢你一直都在我身边。"

其实他有不止一次机会可以离开。

路堂和时沛离婚的时候,他选择留在这里;后来路堂再婚,他还是选择留下来,就在她身边,哪儿也不去。

她是被他呵护着、爱惜着长大的。

苏柚知道,如果没有路时一直照顾她、保护她,她根本不会到现在都还如此无忧无虑。

他是为她冲锋陷阵的骑士,亦是能给她托底的强大后盾。

路时温柔地凝望着身着一袭玫瑰婚纱的苏柚,低沉而认真地回答她:"柚柚,这整个世界,我只想留在有你的地方。"

你就是我此生的港湾,是我认定的归宿,是我放不下的执念,是我存在的意义。

之后,苏柚和路时用钢琴和小提琴合奏了一曲《梦中的婚礼》。

在这首曲子结束时,路时起身来到站在钢琴旁的苏柚面前,捧住她的脸深深地吻住了她的唇。

"我爱你。"他声音颤抖,低喃道,"柚柚,我爱你。"

至死不渝。

番外二

紫藤树枯了

他说 *Tashuo*

苏柚去世后,路时的身体状况越来越差。后来,在一个蝴蝶低飞的雨后清晨,他去找他的柚柚了。

来年,4月初,家里那棵紫藤树丝毫没有要开花的迹象,新叶也没有长出来。

戴畅站在院子里,望着这棵枝干光秃秃的紫藤树呆立良久。

苏江下班回家,将车停好,下来后就看到她正目光空洞地盯着紫藤树。

苏江叹了一口气,缓缓走过来,温声问戴畅:"降温了,怎么没多穿件外套就出来了?"

戴畅答非所问,对苏江说:"老苏,你说这棵紫藤是不是枯了?"

苏江也隐约有这个感觉,但他还是说:"再等等,说不定只是今年的花开得晚了。"

按理说紫藤树不应该枯,他去年冬天还精心地养护过这棵紫藤树，用的和往年一样的方法，就是为了能让这棵紫藤树安全地过冬。早几年，有一回冬天格外寒冷，紫藤树都没有枯死，这年不应该……

"这都 4 月份了。"戴畅回忆着往年的景象，皱眉说，"之前 3 月下旬就陆陆续续地有要开花的苗头了，进入 4 月份，那花开得就像一串串葡萄了，今年怎么毫无动静呢？"

苏江揽过戴畅的肩膀，感受到她身体冰凉，于是带着她往屋里走，边走边安抚妻子："也许只是这几天温度不高，花期延迟了。"

不等戴畅再说什么，苏江就又说："先回屋去添件衣服。"

两个人进了客厅后，戴畅才突然想起来她还没做饭。

"我忘记做饭了！"她有点儿愧疚地问苏江，"你饿不饿？想吃什么？我现在去做……"

苏江拉住戴畅，语气温柔地告诉她："不做了，今晚点外卖吧，学学小年轻，解放双手。"

过了一会儿，外卖还没到，戴畅又忽然想起一件事："老苏，明天是清明节。"

这年的清明节也在 4 月 4 日。所以，明天也是苏柚的忌日。

这句话戴畅没说出口，但苏江心里记得。

苏江"嗯"了一声。

戴畅说:"我还没给柚柚和阿时买东西。"

"我都买好了,别操心,吃的、用的,还有穿的,都给他们置备齐全了,就在车里。明天我们就把东西都烧给他们。"苏江温声告诉妻子。

戴畅这才放下心来。

隔天,戴畅和苏江去两个孩子的墓地看他们。

戴畅把苏柚和路时的墓碑擦了又擦,擦得干干净净,还是舍不得停下。

她一边擦墓碑,一边告诉他们:"阿时、柚柚,你们在那边还好吗?我和你们的爸爸都很好,就是很想你们。不知道为什么,家里的紫藤树今年迟迟不开花,要是柚柚见了,肯定又得哭鼻子……"

她说到这里,忍不住笑了一下,但眼泪随着笑容从眼眶滑落。

苏江没怎么说话,只听着妻子絮絮叨叨,沉默地给两个孩子擦墓碑,清理周边的杂草。两个孩子合葬在一起,总要有一块干净的墓地安息。

回去的路上,戴畅和苏江没有直接回家,而是绕路去了苏柚出车祸的那个十字路口。墓地不能烧纸,所以给苏柚和路时

番外二　紫藤树枯了

买的那些东西，他们都打算在这个十字路口烧掉。

戴畅听老人说，因为意外事故去世的人的灵魂，会在每年事故发生的那一天回到事故发生的地点。

柚柚，你回来了吗？看到爸爸妈妈了吗？

阿时去找你了，他一定找到你了吧？你们是一起回来的吗？

柚柚、阿时，爸爸妈妈好想你们。

戴畅一边给苏柚和路时烧纸，一边被烟熏得眼睛通红，忍不住泪如雨下。

这一年，紫藤树没有开花。

四年后，院子里的紫藤树依旧还是光秃秃的。

自苏柚和路时去世后，紫藤树就再也没有抽芽开花。

苏江决定将这棵紫藤树刨了。戴畅起初不太愿意，觉得就算紫藤树枯了，只要还种在这儿，就是个念想。只要紫藤树还留在这儿，她就觉得苏柚和路时没有走远。

但苏江告诉她："小畅，你有没有想过，或许是柚柚和阿时并不想你这样思念他们，所以冥冥之中紫藤树才枯了？"

戴畅沉默了好久，才应允："刨了吧。"

苏江刨树的时候，戴畅就坐在院子里，看他亲手将这棵他带着两个孩子种下的紫藤树一点点根除。

这活计耗费体力。自从两个孩子离开后，戴畅的身体一直不大好，苏江不让她上手帮忙。于是她就在旁边帮忙，在他渴的时候给他递杯水，在他要擦汗的时候给他拿块毛巾。

但总会陷入回忆的戴畅没有看见，苏江背对着她弯腰刨树时，他脚下的泥土被一滴滴眼泪浸润，变得潮湿。

后来苏江累了，停下动作，扭头又看到妻子在发呆。

他走过来，坐到戴畅身旁，问她："在想什么？"

戴畅回忆着什么，说："老苏，你还记不记得，柚柚和阿时说，要是生个女儿，就叫'苏想'？"

"嗯，"苏江点头应，"记得。"

"那要是生个男孩儿呢？"戴畅扭过头，想从丈夫的脸上寻找出答案，"他们说没说，要是生个男孩儿的话，叫什么啊？"

"如果我们的孩子是男孩儿，他该叫什么，我想好了。"

"叫什么？"

"苏执。"

苏柚的苏，执念的执。

后记

之前我在网络版后记里提到过，其实想写家里那棵紫藤树在柚柚和阿时去世后的第二年就枯死了，但是当时没有想到很好的切入点，所以就暂时搁置了。

我不太敢重温这篇文，也本以为我可能很长时间都不会再动笔写这篇文的番外，但没想到阿时和柚柚有机会以实体书的方式再一次和大家见面，真的很感谢雨志金坤，也很感谢编辑能在那么多小说中看中这篇文并签下它。

所以，我也借此机会，写了属于阿时和柚柚温馨幸福的 if（如果）线。If 线就是如果那天没有发生车祸的话，他们之后的日常生活。阿时和柚柚会按照原本的计划在 5 月 20 日举办他们的婚礼，他们会有一个可爱的宝宝，也许是男孩儿，也许是女孩儿，往后余生，一家人会幸福地生活在一起。

当然，也写了网络版本中没能写的紫藤树枯萎这个情节。

这下，我对这篇文没有任何遗憾了。

实体番外写得酣畅淋漓，也希望有缘看到这本书的大家能看得酣畅淋漓。

最后，祝大家每一天都能平安健康、开心快乐地度过！

艾鱼

2024 年 7 月 13 日

图书在版编目（CIP）数据

他说 / 艾鱼著. -- 南京：江苏凤凰文艺出版社，2025.1. -- ISBN 978-7-5594-9092-6

I.I247.5

中国国家版本馆CIP数据核字第2024FE2007号

他说

艾鱼 著

责任编辑	白　涵
特约编辑	梨　玖
封面设计	沐　沐
责任印制	杨　丹
出版发行	江苏凤凰文艺出版社
	南京市中央路165号，邮编：210009
网　　址	http://www.jswenyi.com
印　　刷	天津中印联印务有限公司
开　　本	880毫米×1230毫米 1/32
印　　张	8.25
字　　数	147千字
版　　次	2025年1月第1版
印　　次	2025年1月第1次印刷
标准书号	ISBN 978-7-5594-9092-6
定　　价	48.00元

江苏凤凰文艺版图书凡印刷、装订错误，可向出版社调换，联系电话 025-83280257